夢をあきらめた9人が出会った物語

頭木弘樹・編

絶望書店

河出書房新社

ねえ……夢をさ、
叶《かな》えるのって
すごい難しいのは
最初から分かってたけどさ……
夢を諦《あきら》めるのって、
こんなに難しいの？

『ばしゃ馬さんとビッグマウス』

書店主からのご挨拶

書店にぶらりと立ち寄って、そこで思いがけない本と出会う。

それこそ、書店の楽しみではないでしょうか。

うちも、そういう書店でありたいと思っています。

ただ、小さな書店ですから、どんな本でも置いてあるわけではありません。

うちに並んでいるのは、「夢のあきらめ方」に関する本だけです。

「なぜそんな本を？」と思われるかもしれません。

でも、「夢をかなえる本」や「夢をあきらめない本」なら、他の書店さんにたくさんあります。

ですから、一軒くらい、こういう書店があってもいいのではないでしょうか？

夢がかなわなかったとき、夢をあきらめなければならないとき、この書店をぶらりと訪れてみてください。

本なんか読む気になれないかもしれません。でも、ひとつの物語との出会いが、もしかすると、あなたにとって、とても大切なものになるかもしれません。

〈目次〉

● 書店主からのご挨拶 002

[夢をあきらめるのはよくないことですか?]
Aさんが出会ったエッセイ
断念するということ
山田太一 009

[あきらめきれなくて泣いたことがありますか?]
Bさんが出会った手紙
希望よ、悲しい気持ちでおまえに別れを告げよう
――ベートーヴェンの手紙より
ベートーヴェン [頭木弘樹 新訳] 019

「夢をかなえるためにどこまで頑張《がんば》るべきですか？」
Cさんが出会ったイタリア文学
マクベス夫人の血塗《ぬ》られた両手
ダーチャ・マライーニ 「香川真澄 初訳」
033

「夢をあきらめるために何が必要ですか？」
Dさんが出会ったドイツ文学
打ち砕《くだ》かれたバイオリン
ハインリヒ・マン 「岡上容士 新訳」
053

「チャンスが巡ってこなかったと思いますか？」
Eさんが出会ったアメリカ文学
人生に隠された秘密の一ページ
ナサニエル・ホーソン 「品川亮 新訳」
061

【夢をあきらめるためには何をしたらいいのでしょうか？】

Fさんが出会った日常ミステリー

紅《あか》き唇《くちびる》

連城三紀彦　077

【夢が重荷になったことはありませんか？】

Gさんが出会ったノンフィクション

肉屋の消えない憂鬱《ゆううつ》

——『カンプノウの灯火　メッシになれなかった少年たち』より

豊福晋　123

【別の人生を選んでいた場合の自分が気になりませんか？】

Hさんが出会ったマンガ

パラレル同窓会

藤子・F・不二雄　159

［夢をあきらめたからこそ得《え》たものがありますか？］
―さんが出会った韓国文学
アジの味
クォン・ヨソン［斎藤真理子 初訳］ 187

●番外編
夢をあきらめる歌
才悩人応援歌
BUMP OF CHICKEN 218

●あとがきと作品解説
夢のあきらめ方
頭木弘樹 222

絶望書店　夢をあきらめた9人が出会った物語

本作品について、韓国文学翻訳院による翻訳助成を受けた。

Cover Photography by Zilvinas Valeika（Lithuania）

［夢をあきらめるのはよくないことですか？］

Aさんが出会ったエッセイ

断念するということ

山田太一

夢がかなうのと、夢がかなわないのと、どちらがいい？

そう聞かれれば、そりゃあ「かなうほうがいい」ということになるでしょう。

でも、たとえば「お金があるのと、お金がないのと、どちらがいい？」と聞かれれば、これも「あるほうがいい」となりますが、「じゃあ、お金のために生きましょう」というのはちがいますよね？ そう思わない人もたくさんいるはず。

夢も同じことでは？ 夢にこだわらない、夢をあきらめる、そういう生き方のほうが素敵ということもあるのでは？

山田太一（やまだ・たいち）

1934- 東京生まれ。脚本家、小説家。松竹で映画の助監督を務め、1960年代前半からテレビドラマの世界に。『それぞれの秋』『男たちの旅路』『高原へいらっしゃい』『岸辺のアルバム』『想い出づくり』『早春スケッチブック』『ふぞろいの林檎たち』など、それまでになかったテレビドラマを生み出す。小説『異人たちとの夏』で山本周五郎賞、エッセイ『月日の残像』で小林秀雄賞を受賞。舞台脚本に『日本の面影』など。

心臓とか肝臓を移植出来たりロケットが宇宙で新しいことをしたり独裁者が倒されたりすると、人類は輝かしい力に溢《あふ》れているようなことを新聞やＴＶはいうけれど、無論《むろん》それはジャーナリズムの誇張《こちょう》で、人間は無力である。証明する必要があるだろうか？　早い話が容貌《ようぼう》も背丈も性別も選べない。民族も親族も才能も知力も体力も出生地も自由にはならないし、死期にしても早めに断念すればともかく、長びかせるのには限度がある。癌やエイズを克服したからといって永遠に生きるものではない。仮に生きたとしても幸せかどうかは分からない。自分でしたような気でいることも多くは状況・構造の産物《さんぶつ》で、結局のところ深層の無意識に支配されていたり、確たる意志を貫いてくじけぬつもりが、心身症というようなものが出て肉体に裏切られてしまう。災害の前にはひとたまりもなく、数日食糧が尽きれば起き上ることもおぼつかない。交通事故などといわなくても指先の怪我ひとつでへとへとになってしまい、悪意中傷にも弱く、物欲性欲にふり回され、見苦しく自己顕示《けんじ》に走り、目先の栄誉を欲しがり、孤独に弱く、嫉妬深く、その上なんだかんだといいながら戦争をはじめて殺し合ってしまう。

「生きるかなしみ」とは特別のことをいうのではない。人が生きていること、それだけでどんな生にもかなしみがつきまとう。「悲しみ」「哀しみ」時によって色合いの差はあるけれど、生きているということは、かなしい。いじらしく哀しい時もいたましく悲しい時も、主調底音は「無力」である。ほんとうに人間に出来ることなどたかが知れている。偶然ひとつで何事もなかったり、不幸のどん底に落ちたりしてしまう。一寸先は闇《やみ》である。

ところがいま「生きるかなしみ」というこの本のタイトルを見て、時代錯誤の匂《にお》いを感じた人が少なくないのではあるまいか？　多少は言葉の用法の古さもあるかもしれない。欧米語に置きかえれば抵抗のない人もいるかもしれないが、時代の気分はおおむね「生きるかなしみ」に背を向けている。そのような言葉は見たくもない。気の滅入《めい》るようなことを、わざわざ本を買って確認する人間が何処《どこ》にいるだろう？

生きるかなしさぐらい承知しているが、暗いことにはなるべく目を向けたくない。いずれ悲しい目にも遭《あ》うだろう。そうなれば嫌《いや》でも体験することである。それまでは、楽天的でいたいのだ。いや、仮に悲しい目に遭ったとしても、なるべく早く忘れる方針だ。歎《なげ》いていていい事はなにもない。苦しい日々の中から、なんとか明るい芽を見つけ出し、気をとり直し、元気になるに越したことはない。要するに暗い話には取り得がない。

多少強引に要約した嫌《きら》いはあるけれど、このようにして人生の暗部を見まいとする人々も多いのではあるまいか？

しかしこうした楽天性は一種の神経症というべきで、人間の暗部から逃げ回っているだけのことである。目をそむければ暗いことは消えてなくなるだろうと願っている人を、楽天的とはいえない。本来の意味での楽天性とは、人間の暗部にも目が行き届き、その上で尚《なお》、肯定的に人生を生きることをいうのだろう。ニーチェが「悲劇は人生肯定の最高の形式だ」といっているのも、そうした意味合いではないだろうか？

そして私は、いま多くの日本人が何より目を向けるべきは人間の「生きるかなしさ」であると思っている。人間のはかなさ、無力を知ることだという気がしている。

信仰があれば、いまこうして自分があるのは大いなるものにあらしめられているのだ、自分の力ではない、という思いが多少ともあるだろうが、それだって日本人の場合は神や仏の御心のままに生きるというところは少なく、このくらい拝んだからこのくらいの御利益はあるだろう、とか、拝み方や御賽銭が足りなかったから願いを聞いて貰《もら》えなかったというように、人間の努力次第で人生なんとかなるという意識が強い。

ましてや信仰と無縁な（私もその一人である）人間たちの世界では、なにごとも人間が主役で、その頑張《がんば》りに歯止めがない。

あとひと頑張りすれば収入が倍になると聞いて頑張らない人間はただの怠けものという世

界であり、脳死のひとの臓器を移植すれば子供は救かるかもしれないといわれて、そこまでして生かさなくてもいい、静かに死なせてやりたいなどといえば、冷酷な親扱いされかねない世界である。そういう世の中で可能性をとことん追い求めない生き方を手に入れるには「生きるかなしさ」を知る他《ほか》ないのではないだろうか？

頑張れば成績は上る、上らないのは頑張りが足りないからだと子供を叱咤する親も、わが子の体力を無視してなにがなんでも国体に出よ、オリンピックに出よとはいわない。知力だって体力と同じくもともと不平等なものだと考えるのが自然なのに、もう一ランク更《さら》に一ランク上の学校へと、可能性のぎりぎりを極めさせようとする。本人もそれを受けて立たないと挫折感を抱いてしまう。

海外を旅して、たとえばパリでノートルダムもルーヴルも見なかったといえば呆《あき》れられ、台北へ行って故宮博物院を訪ねなかったといえばなにをしていたのかと疑われる。一歩足をのばせば行けるものを何故行かなかったのかと、信じられないというような顔をされる。

では、そんなにノートルダムを愛し、故宮博物院の名品に心を奪われているのかというと別にそれほどのことはなく、衆人の認めるコースをたどる「可能性」を手にしながら、それに背を向ける人間は「不自然」なのである。東大へ入れる学力を持ちながら、高校で終りたいなどということも「不自然」である。あと数時間眠らずに頑張ればノルマを達成出来たのに諦《あきら》めてしまった社員は人間としてもあまり上等ではないと見られてしまう。そういう世界に私たちは生きている。

そして半分ぐらいは、そうした世界にうんざりもしているのではないだろうか？　ルーヴルの前へ行って美術館に入らず、公園のベンチで日射しの動くのを見ているなどということは、まったく日本人には苦手だし、私だってそれが素晴らしいとばかりは思わないが、といって中へ入って目ぼしい（といわれている）名作を駆け足で見て回り、売店で関連の絵はがきやみやげを買い、記念写真をとってスケジュールをこなしたと一息つく人生の空疎《くうそ》を感じないわけにもいかない。

どこかで的《まと》をはずしている。結構頑張って生きているのだが、力点がずれている。おだやかな幸福感がない。平安がない。老いてもまだ可能性を追い、あれも出来るこれも出来ると、まだ行ってない国はどことどこだとツアーのカタログをめくって、スケジュールをつくる。それが老後の有力な理想型である。

無論それが悪いとはいわない。しかし、その根底に、自分がこれまで生きて来られて、いまなお生きているのは、なにものかの恩寵《おんちょう》とはいわないまでも、無数の細かな偶然に支えられているのであり、決して自分の力ではないという認識があるべき——とはいわないが、あった方が幸福だろうという思いはある。実際、いつ地震に遭っても交通事故に遭っても死病にかかっても不思議はない人生を、何十年か、なんとか生きて来られたということは驚くべきことであり、それに深く思いをいたせばわざわざ旅に出なくても、深い幸福感を得られるかも知れず、また旅に出ても、目にするものの味わいが深いにちがいない。

この本に編ませていただいた円地文子さんの文章に、化粧して容貌を変える可能性のある女性は、装うことが業《ごう》になってしまい、可能性のない男性は、おのれの現実を受け入れる他はないので、そのぶん心の平安を得やすいという意味の一節があるが、まことに可能性は魔性のものであり、それを捨てて諦めることは難かしい。そしていまの日本人の周囲には可能性がさまざまな形で跳梁《ちようりよう》しており、頑張れば一軒家を持てる可能性、奔走《ほんそう》すれば一流の医者に手術して貰える可能性、数えあげればいくらでもある。

しかし、一軒家を持てばそれで万事が解決するわけではなく、借金や通勤時間が増えたり、使い勝手の悪さに改造を願ったりして、要するにきりがない。名医に執刀して貰って数年死期がのびたのをおとしめることは出来ないが、いずれ死はやって来てしまう。

大切なのは可能性に次々と挑戦することではなく、心の持ちようなのではあるまいか？可能性があってもあるところで断念して心の平安を手にすることなのではないだろうか？

私たちは少し、この世界にも他人にも自分にも期待しすぎてはいないだろうか？

本当は人間の出来ることなどたかが知れているのであり、衆知を集めてもたいしたことはなく、ましてや一個人の出来ることなど、なにほどのことがあるだろう。相当のことをなし遂《と》げたつもりでも、そのはかなさに気づくのに、それほどの歳月は要さない。

そのように人間は、かなしい存在なのであり、せめてそのことを忘れずにいたいと思う。

重病にかかった人の記録は、私たちがただ外を歩いているというだけのことが、どれほど大きなことかを教えてくれる。この本を編むにあたって、沢山の重病の人たちの記録（御本人のもあれば遺族の方のもある）を読んだが、どれも重くて、とうとう私にはその中の一篇を選ぶことが出来なかった。しかし勿論《もちろん》、病いや死の記録は、私たちに深く、生きることの喜び、生きることのはかなさ、生きることの哀しみを教えてくれる。それは障害者の記録についても老いの記録についてもいえることだが、共に本書には編むことが出来なかった。収録出来る量に限界があり、是非《ぜひ》にと思ったものはその数頁《ページ》を選ぶのでは意味がなく、たとえば耕治人さんの『どんなご縁で』『そうかもしれない』などの短篇小説は最後まで迷ったが、収録すると他の五、六篇を諦めなければならず、アンソロジイの意味が薄れるので断念した。難病も障害も老いも選ばずに、なにが「生きるかなしみ」かとおっしゃる方もいるか

＊「この本」とは、『生きるかなしみ』（ちくま文庫）というアンソロジーのこと。この文章はその序文。

もしれないが、それはもう全篇をお読みいただくしかない。

「可能性」という衝迫《しょうはく》を逃がれて、あるがままの生を受け入れるばかりが善とはいわないし、私だってとてもそんな境地にたどりつきようもない人間だが、絶えず自他への不満をかかえ、追い立てられるように生を終るのもみじめである。心して「生きるかなしみ」に思いをいたしたい。ひとにではなく、自分にそういい聞かせている。

はじめに私に声をかけて下さり、その後筑摩書房を退社なさった湯川進一郎さん、引き継いで一緒にこの本をつくり上げて下さった平賀孝男さんの名前をここに記して、御礼を申上げることをお許しいただきたい。

［あきらめきれなくて泣いたことがありますか？］

Bさんが出会った手紙

希望よ、悲しい気持ちでおまえに別れを告げよう

――ベートーヴェンの手紙より

ベートーヴェン

［頭木弘樹《かしらぎひろき》 新訳］

走者にとっての足、画家にとっての目、料理人にとっての味覚……。夢をかなえるためには、どうしても失えないものがあります。

しかし、音楽家であるベートーヴェンは、二十代後半という若さで難聴になり、だんだん聞こえなくなっていきました。

作曲家として、これからというときでした。

あきらめられるわけがありません。何人もの医師にかかり、さまざまな療法を試します。

それでもダメだったとき、彼は……。

ベートーヴェン（Ludwig van Beethoven）

1770-1827　ドイツの作曲家。音楽家の家系で、酒飲みの父親はベートーヴェンを第二のモーツァルトにして稼ぐために厳しくピアノ演奏を教え込む。10代から家計を支える。情熱的で、女性に捧げた曲も数多いが、生涯独身。晩年は甥の養育に苦労する。ジャジャジャジャーンと始まる『運命（交響曲第五番）』や、年末によく演奏される『第九（交響曲第九番《合唱付き》）』や、ピアノ初心者がよく習う『エリーゼのために』などが有名。

（お読みいただく前に）

ベートーヴェンが難聴のことを告白したのは、一八〇一年に二人の親友に出した三通の手紙と、次の年の「ハイリゲンシュタットの遺書」だけです。

それらを訳しました。全文ではなく、それぞれ一部分のみの抄訳です。

友人の医師フランツ・ゲルハルト・ヴェーゲラー*への手紙

ウィーン　一八〇一年六月二九日（ベートーヴェン30歳）

作曲の注文は応じきれないくらいある。収入にもなっている。

だが、病気が、私の前途《ぜんと》に立ちふさがっている。じつは、三年前から、だんだん耳が聞こえなくなってきているんだ。

＊ベートーヴェンの幼なじみ。その友情は、ベートーヴェンが亡くなるまで、かわることなく続いた。ベートーヴェンの死後、音楽家のフェルディナント・リース（ベートーヴェンの弟子）との共著で、ベートーヴェンの伝記を出版している。

フランク医師がアーモンドオイルで治そうとしてくれたが、なんの効き目もなかった。耳はひどくなるばかりだ。何度も希望を失いかけたよ。

昼も夜もずっと耳鳴りがしている。まったく、みじめな生活だ。

二年くらい前から、人づきあいを避けている。「私は耳が聞こえないんです」とは、とても言えないからだ。

他《ほか》の仕事ならまだしも、私の仕事では、耳が聞こえないというのは恐ろしいことだ。


どんな状態かというと、たとえば、劇場で俳優たちの声を聞き取るためには、なるべく前のほうに行かなければならない。それこそ、舞台下のオーケストラボックスの仕切りのところまで行って、身をのり出してでもいなければならない。楽器や歌声の高い音は、少し離れるともう聞こえない。

耳のことをまだ誰《だれ》にも気づかれていないのが不思議なくらいだ。私はもともと、ぼうっとしていることがよくあるから、きっとそのせいだと思っているんだろう。

人が小さな声で話していると、ほとんど聞こえない。何か言っているのはわかるが、何を言っているのかはわからないんだ。

そのくせ、誰かが叫び声をあげると、耐《た》えられないほどつらい。

この先、いったいどうなっていくのか、神のみぞ知るだ。フェーリング医師は、完全にはよくならなくても、きっといい方向に向かうだろうと言ってくれている。

私はこれまで何度も、こんな自分と、こんな自分を創《つく》り出した神を呪《のろ》った。

プルタルコス*は、あきらめることを教えてくれた。

できることなら私は、運命と闘《たたか》って勝ちたい。だが、この世の中で、自分が最もみじめな存在なのではないか、と感じてしまうことが、たびたびある。

私の症状のことは、誰にも言わないでくれ。ロールヘン**にもだ。君にだけ打ち明けたんだ。

*英語名のプルタークでも知られる。ギリシャ人の著述家。『プルターク英雄伝』が有名。

**ヴェーゲラーの妻のエレオノーレのこと。ベートーヴェンがかつてピアノ教師をしていたブロイニング家の長女。ベートーヴェンの初恋の相手とも言われる。「エレオノーレ・ソナタ」と呼ばれる曲もある。夫と共に生涯《しょうがい》にわたってベートーヴェンのよき友人だった。

あきらめるしかないのだろうか！
あきらめとは、なんて悲しい隠れ家だろう。
しかも、それだけが今の私に残されている隠れ家なんだ。

友人の牧師カール・アメンダ*への手紙

ウィーン　一八〇一年七月一日（ベートーヴェン30歳）

君がそばにいてくれたらと何度も思った。というのも、私は今とてもつらいんだ。運命や神を相手に闘っている。

創造主である神を、何度も呪った。神は自らが創り出したものを、偶然のなすがままにして、かえりみないのだ。そのため、どんなに美しい花でも、滅んでしまうことがある。

考えてもみてくれ、私にとっていちばん大切なもの、聴覚が、ひどく衰《おとろ》えてきたんだ。

君がまだ私といっしょにいた頃《ころ》から、じつはその兆候を感じていたが、黙っていた。それがどんどんひどくなってきたんだ。

元に戻《もど》ることがあるのかどうか、それはもう少し様子をみないとわからない。だんだん治ってくることを願っているのだが、難しいだろう。こういう病気はいちばん治りにくいのだ。

ああ、もし聴覚に何の問題もなかったら、どんなに幸福だろう！

すぐにでも君のところに飛んで行くのに。

しかし、今の私は、隠れて生きるしかないのだ。

本当なら、私の最も素晴らしい時期だっただろうに、ただむなしく時が過ぎて行く。才能と力を存分に発揮することもなく！

悲しいあきらめ――それを私は隠れ家としなければならないんだ。

＊ヴァイオリニストでもあった。モーツァルトの未亡人の家で息子たちの家庭教師をしていたことも。一七九八年の春にウィーンでベートーヴェンと知り合い、たちまち意気投合した。翌年の夏、故郷のクールラント（現在のラトビア西部地方）に帰る。短い交際だったが、ベートーヴェンは彼を深く信頼している。

すべてを乗り越えようとはしてみた。しかし、どうやったら、そんなことができるんだ？

私が自分の耳の病気について君に打ち明けたことは、どうか秘密にしておいてくれ。誰にも言わないでほしい。

友人の医師フランツ・ゲルハルト・ヴェーゲラーへの手紙

ウィーン　一八〇一年一一月一六日（ベートーヴェン30歳）

耳鳴りは以前よりましになってきた。でも、聞くほうはよくなっていない。むしろ、ひどくなっているかもしれない。

二年前から、私がどれほど孤独で悲しい生活をしてきたか、君には想像がつかないだろう。耳が聞こえないということが、行く先々で、まるで幽霊のように私をおびやかした。私は人を避けるしかなかった。

人間嫌《ぎら》いと思われてもしかたなかった。本当はそうではないのに！

この不幸さえなかったら、どんなにいいか。

ああ、この災いから逃れて、世界を抱きしめたい！

病気がせめて今の半分くらいましだったら――私はもっと成熟した人間として、君たちに会いに行き、さらに友情を深めることもできるのに。

君たちには、不幸な私ではなく、幸福な私を見てほしいのだ。

不幸であることは、耐えがたい。――私は運命の喉元《のどもと》をしめつけてやりたい。運命に打ち負かされたくない。

さびしい生活は、ぼくにはまったく向いていない。

ハイリゲンシュタットの遺書*

ハイリゲンシュタット　一八〇二年一〇月六日（ベートーヴェン31歳）

不機嫌《ふきげん》で、打ち解けない、人間嫌い。

私のことをそう思っている人は多い。

しかし、そうではないのだ！

私がそんなふうに見える、本当の理由を誰も知らない。


私は幼い頃から、情熱的で活発な性質だった。人づきあいも好きなのだ。

しかし、あえて人々から遠ざかり、孤独な生活を送らなければならなくなった。

無理をして、人々と交わろうとすれば、耳の聞こえない悲しみが倍増してしまう。つらい思いをしたあげく、またひとりの生活に押し戻されてしまうのだ。

「もっと大きな声で話してください。どなってください。私は耳が聞こえないんです」などとは、どうしても言えない。

音楽家の私にとって、聴覚は、普通の人たちより優れていなければならない。実際、かつてはそうだったのだ。音楽家でも、そこまでの者はなかなかいないほど、完璧だった。

それが衰えて、普通以下になってしまったということを、自分から人に知らせるなんて
——そんなことは私にはできない！

私はもう、友達とくつろいで、さまざまな会話を楽しみ、胸の内を語り合うなどということはできない。流刑囚《るけいしゅう》のように、孤独に生活するしかないのだ。人に近づけば、自分の病状に気づかれてしまうのではないかという恐ろしい不安に襲《おそ》われる。
医者に勧められて田舎で過ごしたこの半年間も、そんな状態だった。

それでも、ときどきは人恋しくなって、人々の集まりに出かけて行きたいという誘惑に負けてしまうことがあった。
けれど、私のそばにいる人が、遠くの横笛の音を聞いているのに、私にはまったく聞こえ

＊ハイリゲンシュタットは、ウィーンの近く（今ではウィーンの一地区）の温泉保養地（当時）。ベートーヴェンは医師に勧められて、四月から一〇月まで、ここで静養している。「ハイリゲンシュタットの遺書」と呼ばれているが、文中にもあるように、自殺は思いとどまっている。

ず、誰かが羊飼いの歌を聞いているのに、私にはぜんぜん聞こえないとき、それはなんという屈辱だっただろう！

何度もそんな目にあって、私は絶望して、もう少しで自殺するところだった。

みじめな、じつにみじめな生活。

ちょっとした変化でも、たちまち不調のどん底に落ち込んでしまう、この過敏で弱い肉体。こんな身体《からだ》で、なんとかやってきたのだ。

――忍耐！――それが肝心、我慢して頑張《がんば》って、と人は言う。私はそうしている。だが、いつまで耐え続けられるだろう。ずっと持ちこたえられるといいのだが。

この若さで、悟《さと》った人間になるのは、簡単なことではない。

いつかこれを読む人たちよ、あなたがもし不幸であるなら、私を見なさい。あなたと同じひとりの不幸な人間が、あらゆる障害にもかかわらず、なしうるすべてのことをした。そのことになぐさめを見出してほしい。

希望よ、悲しい気持ちでおまえに別れを告げよう。

いくらかは治るのではないか、そういう希望を抱いてここまで来たが、いまや完全にあきらめるしかない。

秋の木《こ》の葉が落ちて枯れるように、私の希望も枯れた。

ここに来たときのまま、私はここを去る。

美しい夏の日々には勇気もわいて、励《はげ》まされたが、そんな勇気も今は消え去った。


ああ、神様、歓喜の一日を、私にお与えください。

心の底から喜ぶということが、もうずっと私にはありません。

いつかまたそういう日が来るのでしょうか？

もう決して来ない？

そんな！　それはあまりにも残酷です。

［夢をかなえるためにどこまで頑張《がんば》るべきですか？］

Cさんが出会ったイタリア文学

マクベス夫人の血塗《ぬ》られた両手

ダーチャ・マライーニ

［香川真澄《かがわますみ》 初訳］

「夢をかなえるためなら、何でもします!」

そういう頑張りは、素晴らしいですし、美しいです。

ただ、本当に何でもしてしまうのか? ここまではするけど、そこから先は……。その線引きが、とても難しいです。

何でもするという気持ちに、つけこんでくる人もいます。セクハラ、パワハラ、搾取……。

自己実現なのか、自己破壊なのか、わからなくなることも。

この物語の主人公は、シェイクスピアの舞台の稽古をしています。夢のために彼女はどこまで我慢すべきなのでしょう?

ダーチャ・マライーニ(Dacia Maraini)

1936- イタリアの小説家、劇作家、詩人。ノーベル文学賞候補として名前があがるひとり。父のアイヌ研究のため、2歳のとき来日。弟妹は日本で生まれ、弟の日本名はキク、妹はユキ。父の反ファシズム思想により、一家5人、名古屋の外国人収容所に収監。父は獄中で待遇改善を訴え斧で自らの小指を切断。日本の敗戦で解放され、10歳で帰国。1961年に作家デビュー。29歳年上の作家アルベルト・モラヴィアと18年間生活を共にした。

「そんなマクベス夫人*がどこにいる！　ぐっと頭を上げるんだ！　ほら、もっと注意深く！　息を吸って、ほら、吸って、吸って！」

アンナは頭を持ち上げた。それから息を一度、深く吸い込む。そして、舞台の中央にむかって、ゆっくりと歩み出る。

「ほら、そこで倒れるんだ、そう、すばらしい！　転がって、転がって！」

アンナは耳の中に甘美に届いてくるコッパの、かろやかな、説得力のある声を聴く。

「それからサンドロ、きみも……転がって、転がって……悶《もだ》えながら、怒《いか》り狂いながら、暗殺を成し遂《と》げる喜びに酔《よ》い、勝利を確信して、ごろごろ転がるんだ！」

アンナは寝そべったまま、黒い石材の床の上を転がりまわる。おぞましいという感情を表現するために、身をうち震わせて。コッパのフルートのような声は、確信に満ちている。彼

*シェイクスピアの戯曲『マクベス』に登場する人物。王位を奪うために、夫のマクベスを励《はげ》まして、王を暗殺させる。

に言われた通りにしようと、アンナは頑張ってみる。

「なにか床に敷《し》いてやるわけにはいかないでしょうか？」

サンドロがおずおずと口に出す。慎重《しんちょう》に、穏《おだ》やかに、うやうやしく提案する。アンナはコッパの答えを待ちながら、そのまま動かない。サンドロのくるぶしは、いま、彼女の手首にかるく触れている。

「サンドロ、床敷《ゆかじ》きは無しだ。床が冷たかったら、足を使って身体《からだ》を少し浮かすようにすればいいんだ」

サンドロはそれ以上、何も言わない。彼女のそばに、ゆっくりと、慎重に動いていく。ふたりはなにもない舞台の上を、ある場所からべつの場所へと転がっていく。そして、コッパの手の合図で、ぴたりと静止する。ふいに、のこぎりで挽《ひ》くような、ヴァイオリンのような、幼児の声のような、鋭く鳴りひびく音が炸裂《さくれつ》する。奥のほうから、ペッペが、折りたたんだ長い布地を抱えて出てくる。つぎの瞬間、アンナはじぶんの顔の上に、滑《なめ》らかで、やわらかく、冷やりとするものを感じる。その息苦しさから解放されようとして、彼女は一度だけ頭を動かす。

「動いてはだめだ、すてきなアンナちゃん、動いてはだめだ！」

「息ができないんです」

「なんでもない、なんでもない……耐《た》えるんだ、じっとして、落ち着いて。だらけてみっともない演技なんか見たくない。さあ、もう一度やり直しだ……」

ペッペはゆっくり遠ざかったり、また近づいてきたりする。その芝居がかった足運びに、アンナは意識を集中する。長方形の布地が下りてきて、それを持つペッペの二つの手も見えなくなり、アンナの顔をすっかりおおってしまう。彼女は息を殺す。強烈なカビの臭いが彼女の鼻のなかにもぐり込み、感覚を麻痺させて、空っぽになった頭のてっぺんまで到達する。

「マクベスは君主《くんしゅ》であり、領主《りょうしゅ》なんだよ、サンドロ君、きみの動きはまるで、高等学校の貧乏学生みたいじゃないか、きみには威厳《いげん》がない、重みがない、それじゃ説得力に欠けるんだ。もう一度やり直し！」

アンナは舞台の上のあちこちで、サンドロの脚が床張りを打つ音を聞く。そのシーンは五度、六度、十度ばかり繰り返される。だから彼女はずっと、動かない長方形の布地の下に隠れたまま――。コッパは彼女の存在をすっかり忘れてしまったみたいだ。息を詰まらせるこんなものの下に、いつまでもじっとしてはいられない。起き上がって、頭をはっきりさせて、何か別のことを試《ため》さなければ。彼女は頭を持ち上げる。だが、たちまちコッパの怒声《どせい》が響く。

「頭を下げなさい！　すべてを台無《だいな》しにするつもりなのか、すべてを！」

アンナはふたたび頭を垂《た》れて、頬《ほお》をきめの粗《あら》い床に圧しつける。カビが肺の中まで、冷やりと侵入する。叫び声をあげたらどうだろう。だが、アンナはコッパを怖れている。彼女はこの六か月というもの、まったく仕事がなかったのだ。コッパのほうは、お気に入りの女優が、べつの演出家といっしょに逃げてしまったのだが、それも彼にとっては、ちょっと鼻を歪《ゆが》める程度のことにすぎなかった。彼女がコッパを怖れる理由は他《ほか》にもある。パリに行くための費用の半分は溜《た》めてあるけど、のこりはこの舞台の出演料にかかっているのだ。というわけで、こうして歯をきつく食いしばり、赤い、重々しい布地のフィルターを通して、わずかな空気を、ちょっとずつ、ちびりちびりと、惜しむようにして、ゆっくりと吸っているのである。

どうやらサンドロは、役をうまくこなしていないらしい。その間ずっと赤い布地の下にいなければならない彼女は、だんだん痺《しび》れて、無感覚になっていく。そして、ついに苦しみが耐え難《がた》いほどになった頃《ころ》に、コッパの心地よい声が、ようやく彼女に向けられた。

「さあきみ、もう起き上がっていいぞ……そう、すばらしい、それこそ堂々とした王妃にふさわしい、堂々たる演技というものだ。じつにいい……きみの身体からは、血がほとばしり出ている。血がきみを魅了する。きみを急き立てる。きみを、きみの内にあるみだらで執念《しゅうねん》深い暴力性へと駆《か》り立てるんだ」

アンナは足を一歩、前に出そうとしてみる。ふらつきそうで恐い。赤い布地の下にあんまり長くいたので、頭がぼうっとしてきた。

「さて、それじゃあ身を横たえて、ゆっくりと、甘やかに。そう、そう。そこで服を脱いで！」

アンナはあぜんとして、彼を見る。これは契約違反だ。それに、ひどく寒い。そもそも演出の意図がまったく理解できない。どうしてマクベス夫人が服を脱がなきゃならないの？

「どうしたんだ、アンナちゃん？」

「わたし、服なんて脱ぎません」

「どうしてそんなやぼったいモラリズムなんか持ち出すんだ、良い子ちゃん？　わたしはきみに、羞恥で混乱した感情の変化を表現しろ、なんて要求してないぞ……ああ、アンナ、アルテミス＊よ、この月光の愛娘《まなむすめ》よ」

「ええ……でも、『マクベス』にそれがどう関係あるのか、理解できません」

「おいおい、恥じらいなんてものは、カトリックのもたらした滑稽《こっけい》で愚《おろ》かしい産物《さんぶつ》だよ……きみは目覚めた、現代的な、知性のある、ひとりの女性じゃないか。どうしてそんな気まぐ

＊ギリシャ神話に出てくる女神。

れを起こすんだ？」

アンナは、背筋につめたいものを感じた。それが寒さによるものなのか、それとも、容赦のない、ねちっこい、この突然の要求によるものなのかはわからなかった。

「ほかのみんなも脱ぐんだったら、わたしもそうします、でも、わたしだけなら、いやです」

「つまらないこと言うなよ、かわい子ちゃん……ほかの者たちに、なんの関係があるんだ？きみがマクベス夫人であって、ほかの登場人物じゃないんだ。みんなおのおの、役割を担《にな》っている。もしもきみが脱いでもかまわないというんだったら、おとなしく脱げばいいんだ。わたしはなにも、きみの裸体そのものを売り物にしようとしているわけじゃない」

アンナは役者仲間たちのほうに、不安そうな目を向ける。サンドロは支柱のひとつにもたれて、ひどく軽蔑したような、皮肉な感じで、まぶたを半分だけ閉じて、そっぽを向いている。ペッペはサテンの布地を腕にかけて、舞台の準備が整うのを待ちながら、あいかわらず戸口の近くに立っている。アンナは、舞台のうしろのほうにいるはずのテレーザを見ようとして、振り返る。テレーザはそこで自分の出演場面の練習をしているはずだった。だが、彼女の姿はそこにはなく、どこにいるのかもわからない。その間にコッパは彼女のそばまでやってきて、やさしい父親のように、彼女の肩のあたりに手をおいた。

「ねえ、アンナちゃん、わたしがどんなにきみを評価しているか、知っているだろう。それに、きみはわたしと仕事をするのが初めてだ。わたしはきみをまれに見るすばらしい女優だと考えているんだ……ちょっとばかり世慣れしていないだけのね。それだって、きみの年齢では仕方がない、つまり若さのせいだと、大目に見てあげているんだよ」

まるで自分のものでもあるかのように、彼女の首を横からつかんでいる手は、熱く、大きい。結局のところ、彼はおそらく正しいのだ、とアンナは考えた。自分は愚かな強情を張《は》っているだけなのだ。

「わたしのアンナちゃん、きみはひとつ理解しなきゃならないが、われわれのやっていることは、非常にまじめで、意義深いことなんだ。われわれのいるこの場所はアルゼンチン*やエリーゼ宮殿じゃない。型どおりの様式を守ったり、逸脱したりしながら、全力をあげて『マクベス』という悲劇を創《つく》り上げているんだ。われわれはまさに穴蔵にいるわけで、前衛《ぜんえい》劇をやっているんだよ。ここでは身ぶりや型が重視される、言葉じゃなく、ね。ここにやってくる観客は演劇の世界に参加することを、そしてその中で呆然《ぼうぜん》とし、混乱することを期待して

＊「アルゼンチン」はイタリア人にとって、その土地に理想を求めて移住したいと願う新天地だと思われる。

いるのであって、常識的に判断したり……論理的に理解したりしたいわけじゃないんだ……」

アンナは放心したようにうなずく。コッパの声はそれほど率直に、それほど熱烈に、それほど宗教的な説得力をおびて響いたのだ。

「舞台芸術っていうのは、言葉ではなにひとつ伝達することができないんだ、アンナちゃん。アントナン・アルトーのいうように、演劇は非情であり、記号であり、表象《ひょうしょう》なのだ。そして、きみはひとつの表象なんだよ、アンナ。きみはひとつの優美な典型であり、ひとつの造形物であり、そう、重々しいもの、ぞくぞくするほど繊細な重々しさなんだ。きみの身体は、ある意味で中国製の磁器、ある意味で光かがやき、慈愛にみちたほほ笑みをもつ、仏陀を象《かたど》ったマジョルカ陶器なんだよ。そう、わたしがマクベス夫人に求めているのはこうしたもの、尊大でミステリアスな、少しばかり東洋的で、どこやら謎めいたところのある、風変わりな存在なんだ。わかるかね、わたしのいうことが？」

アンナはうなだれる。彼女は考える、演出家の意図というものは、いつだって、奇抜《きばつ》であればあるだけ難解で、判断を超えたものであり、理解を拒《こば》むものなのだ。すぐれた前衛の芸術家というものは、俳優を食いものにして、俳優の持つ芸術の可能性を台無しにしてしまう。

生け贄《にえ》にされた俳優は、崇高《すうこう》でなければならない。

コッパはもう彼女のそばから離れていた。そして、石材の床の上に、別の赤くて長い布地をひろげて、サンドロとペッペに示して見せている。

「バンクォーの血が、舞台じゅうに満ちあふれる」と、熱中した声でささやく。「血は権力であり、搾取《さくしゅ》なんだ、彼らのすべての血液は、歴史の罪の苦しみであり、慟哭《どうこく》なんだ」

ペッペは獣皮《じゅうひ》のブーツを履《は》いた片方の足で、赤い布地の位置を少しずらした。彼の目は麻薬を打たれたように生気がない。コッパは押し殺したような声で、彼の耳元でささやく。それから、すばやい足どりで彼女のところにやってくる。

「さて、きみの番だ、アンナ。この不正な血のなかに屈《かが》みこむんだ。腕を、顔を汚《よご》して、そいつを飲むんだ！……」

アンナは赤い布地の上にひざを投げだすと、その中に顔をうずめる。だが、コッパは両手

＊マクベスの友人。マクベスと共に魔女の予言を聞く。その予言では、マクベスは王になり、バンクォーの子孫が王になる。前の王を暗殺して王となったマクベスは、バンクォーの子孫が王になるという予言を恐れ、バンクォーとその息子も暗殺しようとする。息子は逃げ延びるが、バンクォーは殺される。

の指を広げて突き出したまま動かない。それは、容赦しないと言っているようでもあり、懇《こん》願《がん》しているようでもあった。

「アンナ、そうじゃない、それじゃまるで、マーガレットの花を引きむしってる少女みたいじゃないか……きみは着ているものを脱がなきゃならん、心をかき乱して、激昂《げっこう》して裸体にならなきゃ……その身体をぐったりと持ち上げて、官能的に、怒り狂って、錯乱したみたいに！」

アンナは魔法にかかったように、その言葉に従う。言われた通りに、怒り狂うという動作をしてみせる。灰色のウールのブラウスを脱ぎ、それをばさっ、と放《ほう》り投げたのだ。たちまちみんなの視線が、彼女の豊かで光りかがやく胸に降りそそぐのを、アンナは感じる。コッパはほっとしたように、残酷にほほ笑む。サンドロは陰鬱《いんうつ》な、とても感じの悪い目を、ゆっくりとこちらに向ける。ペッペはあからさまに、熱っぽい、楽しげな眼で彼女を見つめる。

「たったいま、きみは確実に観衆の内部にいるよ、アンナ、まるできみの母親の胎内にいるみたいに。血がきみを養い、きみを魅惑するのだ、きみは自然で唯一の、宿命の……ペッペ、彼女を汚《よご》せ！」

アンナがイマジネーションを働かせながら屈み込んでいるあいだに、犠牲者の血を執拗《しつよう》に吸ったかのような陰険《いんけん》な赤い布地が新たに用意されていて、背中にそれが張りつけられていくのを感じた。彼女はあちらこちらと身体をひねる。その長い首を振り、腕を振って、その冷たいものを払い除ける。そんなふうに三度、四度と向きを変え、布地をかわしているうちに、ペッペは神妙な顔つきで、また別の鮮紅色の染料を吸わせた布地を用意して、彼女に襲《おそ》いかかる。

「バンクォー、おまえの血を吸った髪《かみ》のふさを、わたしのほうに振ってはならぬ」

サンドロは水の入った容器を残忍に揺《ゆ》すりながら、叫ぶ。

だが、コッパはそれでは満足しない。ふいに彼の手首をつかむと、まるでおが屑《くず》のぎっしり詰まった人形をそうするかのように揺すって、「解放された、神から解放されたんだ！　頭は身体からひきちぎれて、ほら、ほら、こんなに容器は血みどろだ、すばらしい、ほら、激しく揺れている、揺れている、そしてとうとう魔女たちの前だ！」

アンナはしずくのしたたった鼻先に片手を持っていく。だが、その指は凝結《ぎょうけつ》しかけた血の色の濃い液体でぐっしょり濡《ぬ》れている。

「あいつらどこにもぐり込んじまった？　あの頭の足りないやつらは」

コッパがいらいらして叫ぶ。舞台の裏から薄手のセーターにブルー・ジーンズ姿のアンジェラとルッリが、髪の毛を振り乱して、手に丸パンを持ち、口にもいっぱいに頬ばったまま、駆け出してくる。

「おい、なにやってる？　なにやってんだ？　はっ、いつだって食ってやがる！　テレーザはどこだ？」

「電話をかけてます」

コッパは苦悩にみちた、恐ろしいしかめっ面《つら》をする。それから、ひとっ跳びに出口のほうへと向かう。サンドロとペッペは彼を引き止めようとして急ぐ。コッパが言う、もううんざりだ、やつらに恨みはないが、面倒をみてやる義理もないんだ。サンドロとペッペは説得を試《こころ》みて、へつらうように、なにか妥協案をぺらぺらと彼にまくし立てる。とうとうコッパが折れる。彼はぶつぶつぼやきながら、ゆっくりと、不承不承《ふしょうぶしょう》に舞台のほうにもどる。そのうちに、テレーザが帰ってくる。三人の娘たちは休んで食事をとっていたのだが、いま、パンタロンの上に長いスカートをはいて、役を演じるための準備をはじめる。

龍《りゅう》のうろこに＊
オオカミの牙《きば》、
鮫《さめ》のはらわた
山羊《やぎ》の胆《きも》、
月蝕《げっしょく》に折る

水松《いちい》の小枝

三人の娘たちは、か細い、ひゅうひゅう鳴る声でコーラスを歌う。コッパは少しのあいだ彼女たちに自由に歌わせている。それから、大きいけれど神経質な感じのする美しい手を前方に突き出して、それを動かしながら口を出す。

「どうした、リズムがなってないぞ？　それから、しゃがみ込めっていっただろう、ぐっとうずくまるんだ、這《は》って、死骸《しがい》の周囲を転げまわるように、ぴょんぴょん跳ねまわるんだよ」

三人の娘たちはしゃがみ込む。それからバターで汚れた口をねじ曲げて、数え歌をふたたび唸《うな》りはじめる。サンドロはあいかわらず、痩《や》せ細った脚と、退屈して間が抜けたように見える細長い顔を、ぶらぶらと揺り動かしている。ペッペは、おどろくほど大きな、堅いパンの形にかろうじて見えるオブジェから、ゆっくりと出てきて、ふたたび入っていく。

オブジェを魔女たちの中央に据《す》える。彼女たちのひとりの手が、すみれ色の紙を輪の形に

＊『マクベス』の第四幕第一場にある、第三の魔女のセリフ。ただし、本来はもっと長く、これは抜粋。

巻いたものをつかんで、それを舞台の中央まで引きずっていく。アンナは彼女の冷たい指で、ふんわりと膨《ふく》らんだ紙をにぎると、それを自分のほうまで引っぱってきて、巻いたものを床の上でひらく。

「おお、ほら、たいせつなアンナ、きみはたったいま、暗黒の力と繋《つな》がったじゃないか。きみは女という女が内にもっている、どろどろしたものを、不条理を、悪魔的なものを、完全に捉《とら》えたんだ。同化したんだ。ほら、すすれ、すすれ、その胆汁《たんじゅう》のねばねばした液体を……きみの秘めている憎悪……陳腐《ちんぷ》きわまりない日常生活や、女性的なぐにゃぐにゃしたもののもたらす地獄から脱出するための、憎悪の波……そう、すばらしい……ほうら、軽くなった、目覚めたんだ、汚れて幻惑《げんわく》的な、残酷な夢の四肢《しし》がのびのびとしてきた……」

アンナは言葉の意図を汲みとって、そのとおりに動こうとする。が、寒さで感覚がなくなってくる。赤い染料が彼女の背中の皮を突っ張らせる。そして、ほかのみんなが服を着ているただ中で、こんなふうに胸をさらしていることが、苦痛に感じられ、ばかばかしく思えてくる。

「さあ、わたしの宝、アンナちゃん、スカートを脱ぐんだ。きみは裸に、真っ裸にならなきゃいかん。そして、潔白《けっぱく》なバンクォーの血と、魔女どもの腐敗した胆汁のただ中で、光り輝かなきゃいかんのだ」

口の中で舌が焼けついてしまうのではないかと思うほど、激しく言葉を吐き続けながら、狂乱して前に出たり後ろに引っこんだりしているコッパのほうに、アンナは途方《とほう》に暮れた目をあげる。

「どうした？」

「わたし、できません」

「たんなる型じゃないか、アンナ、きみはひとつの錯乱なんだ、精神の真髄《しんずい》なんだ、蜃気楼《しんきろう》なんだよ……小市民のひとりってわけじゃなく、世界を震撼《しんかん》とさせている……さあ、これ以上つべこべいわずに、さっさとスカートを脱ぎたまえ！」

アンナはホックに指をかける。けれども、その手はのろのろと、緩慢《かんまん》にしか動かない。心の声が、訳知り顔に語り出す。《脱ぐですって？　あなたが？　そうね、演劇であれ、映画であれ、女はいつだって裸にならなきゃならないってことは、よく知ってるわ。コッパの言うように、裸は興味を引く娯楽なのよ。観客は裸を要求するし、他にもあらゆることを貪欲《どんよく》に要求してくる。それに応えるために、盲目的に頑張ることの、どこが悪いっていうの？》

しかし、彼女の指はかじかんで、動かない。コッパは腹を立てて、しかし懇願しながら彼女を見つめている。ほかのみんなも、彼女を見つめている。スカートがいまにも落ちないかと、じっと見つめて待っている。彼らは彼女のスカートの中から白い肉体があらわれるのを、演出家の正当な要求が勝利をおさめて、冷えきった、恥ずかしい裸があらわれるのを待っているのだ。

サンドロは座ったまま、無関心をよそおって、彼女をこっそり盗み見している。ペッペはもの欲しげな好奇心の目で、じろじろとながめている。三人の娘たちは不安げに待っている、彼女らは、アンナが屈服《くっぷく》することを、そして、彼女たちもまた服従《ふくじゅう》しなければならないことを知っている。コッパはというと、アンナへの指示はもうすませたというように、裸の魔女たちの宴《うたげ》の場面のために、つまり、点灯した巨大な照明装置にまたがる魔女たちの場面のために、あちこちと駆けまわり、振り付けに熱中している。

アンナはまるで泣きっ面をつくるように、上くちびるを突きだす。しかし、彼女は泣きだしたいのではない。なにかを決意しなければならなかったり、失敗に恐れおののいたりするときに、彼女はそんな顔をするのだ。

つぎの瞬間、床からブラウスを拾い上げると、急いでその中にもぐり込み、決然とした足取りで、出口のほうに向かって歩みだす。ホールの大理石でできた敷石タイルの階段にいるときに、コッパがいまいましそうに、こう言っているのが聞こえる。「へっ、地方出の小市民になんか、なんにも出来っこないのさ」。すぐさま、サンドロたちのばか笑いが、立て続けにおこる。娘たちはそれぞれのぼろ切れに包《つつ》まれて、床にしゃがみ込んだまま、黙ってじっとしている。ペッペだけは、彼女の名を呼びながら、後を追いかける。アンナは急いで外に出た。そして、通りの雑踏《ざっとう》にまぎれこむ。

すばやく路地に入りこみ、それから、またべつの路地に進む。そして、たまたま目についた焼肉の店に飛びこむ。彼女はスップリ（ライス・コロッケ）をひとつつかみ取ると、あつあつの米粒をふうふう吹きながら、むさぼるように食べる。ウエイターはぎょっとして彼女を見ている。彼女にはそれがなぜだかわからない。それから気づく。彼女の手は、血のような赤い色で汚れているのだ。あたかも凶悪な犯罪に手を染めたかのように。

その店を出るまえに、彼女はペッペがまだ自分を探し回っているのを目にする。だが、彼のほうはアンナに気づかなかった。重いガラス扉を押し開ける。彼女は若鶏のフェガティーニ（レバーペースト）をおだやかに噛《か》み下しはじめる。

彼女は金属的にかがやいた、青い、くまなく澄《す》みわたった空を見上げて、とつぜん笑いが込み上げてくる。でも、どうしておかしいの？　彼女は途方《とほう》に暮れて、自分自身に問いかける。──わたしは仕事を失った、もう、パリに行くことができない、これからどうしていいのか、わからない。──とはいえ、立ち止まってはいられないことは確かだ。

抑《おさ》えきれない、胸いっぱいの、激しい、痛ましい、愉快きわまりない大笑いが炸裂《さくれつ》する。彼女は血塗られた両手を目の前でひらいて、心をこめて覚え込んだマクベス夫人のセリフをつぶやく。「儲《もう》けは消えうせた、あのころ抱いていた希望も、手に入れた平穏の喜びもすっかり失われてしまった＊」

＊このセリフに相当する箇所は『マクベス』の中には見当たらない。

［夢をあきらめるために何が必要ですか？］

Dさんが出会ったドイツ文学

打ち砕《くだ》かれたバイオリン

ハインリヒ・マン

［岡上容士《おかのうえひろし》 新訳］

この物語は、作者が五十代半ばになってから、子供の頃のことを思い出して書いた、自伝的な連作短編のひとつです。

ここに描かれているのは、大人にとってみれば、たわいもない、小さな出来事です。しかし、子供の世界だからこそ、いろんなことが純粋に、ストレートに表れています。

ここには「夢をあきらめるためには、何が必要なのか?」という問いに答えるための、ヒントが隠されているように思うのです。だからこそ、作者もこれを五十代で書いたのでは……。

ハインリヒ・マン（Luiz Heinrich Mann）

1871-1950　ドイツの作家、評論家。『魔の山』などで有名なノーベル賞作家のトーマス・マンは弟。1905年発表の小説『ウンラート教授』が『嘆きの天使』としてマレーネ・ディートリヒ主演で映画化され大ヒット。ナチスを批判し、フランスに亡命。ナチスに著書を焼かれ、ドイツ市民権も剥奪される。抵抗運動で活躍。1940年に渡米。ロサンゼルスに住み、いくつかの作品を書くが評価されなかった。1950年、ドイツへの帰国直前に死去。

ぼくのうちには小さなバイオリンがあった。どことい って変わったところのない、平凡なものだった。けれど、赤茶色《あかちゃいろ》のニスが塗《ぬ》られ、四本の本物の腸弦《ちょうげん》（動物の腸から作られた弦）が張《は》られていた。弓《ゆみ》にはちゃんと松ヤニが塗られていた。

このバイオリンは、ぼくが弾《ひ》いても音が出た。もしかしたら、本来のすばらしい音とはほど遠い、ガリガリという音だったかもしれない。でもぼくは、心の耳で聞いていたのだろう。たとえひどい音だったとしても、きれいな柔らかい音に聞こえたのだ。

時にはうっとりすることすらあった。まるですごい奇跡を体験しているかのように。いや、まさにぼく自身がその奇跡なんだ！　自分で奇跡をおこせるんだ！　こんなぼくの自尊心《じそんしん》も、バイオリンはみごとに表現してくれた。

もちろん、こうした力が失われる場合もあった。じっと聞いていただれかが、思わず顔をしかめたりして。でも、他人のそんな反応を見るまでもなく、ぼく自身が、心の耳で好意的に聞けなくなることがあった。突然、本物の二つの耳が、冷たく不きげんに、ぼくの頭の両側で断言《だんげん》するのだ。「おまえはバイオリンをひっかいて、ガリガリといやな音をさせているだけだ」と。

そうなると、これまで自分でもびっくりするくらいがんばって目をそらしてきた、あたりまえのことに気づいてしまった。「バイオリンの弾き方を習ったことは一度もないんだ。それに、このバイオリンは、子供にはただのおもちゃなんだし、ぼく自身もほんとに子供で、力もないんだ」。非情な真実がぼくを圧倒した。

けれども、当時のぼくには、やはりバイオリンが必要だった。ぼくたち子供は毎日、「今日も楽しくやろう」と自分に言い聞かせていたものだが、バイオリンがなくてはそれも無理な話だった。

朝、学校へ行く前には、つやがあってきれいな書き物机の中に安全にしまわれていたバイオリンを取り出した。前の晩に弾いたばかりなのに、もう一度見たかったのだ。この当時のぼくには、学校での算数の時間がいやでたまらず、悲惨《ひさん》そのものの時間でさえあったが、バイオリンはうちでぼくを待ってくれていた。

ぼくはそう信じていたのだが、バイオリンは待ってくれてなんかいなかった。弟の手ですでに弾かれていたのだ。弟はまだ学校へ行っていなかったから、時間は十分すぎるほどあった。バイオリンにとってはそれでもよかった。弟が弾こうとぼくが弾こうと、かまわなかった。このバイオリンには、弾く人みんなの心に、「自分はすばらしい名人だ」と思わせる力があったのだ。書き物机のふたには、鍵《かぎ》がなかった。弟はふたまで手が届かなかったが、だれかがふたをあけて、バイオリンを取り出してやっていた。いったいだれが？　これは憎《にく》むべき行為であり、不正そのものだった。そのだれかは、バイオリンを元に戻してやってさえもいたのだが、戻《もど》ったときにはたいがい、弦が一本切れていた。本当にだれだったのか？　弟に手を貸していたのは。

弟自身からも、母からも、お手伝いさんからも、聞き出すことはできなかった。もっとうまく立ち回っていたら、だれもがみな、弟ですら、話してくれただろう。もう少し感じよくみんなに接しさえすればよかったのだ。少なくとも、ぼくの頑固《がんこ》さ、つまり融通《ゆうずう》のきかない権利意識を、露骨《ろこつ》に見せたりすべきではなかった。ところが実際には、まったくその反対だった。学校から帰ってきて、バイオリンが使われていたことを知ったときのぼくの怒《いか》りは、すごいものだった。この怒りには、不正なことをされているという意識と、ぼくの権利を侵《おか》すことはだれにも許さないという意識が、ありありと表れており、みんなをおびえさせたほどだった。

弟はと言えば、ぼくのこんな態度を見て、よけいかたくなになってしまった。お手伝いさんは何をきいても否定するばかり。母は母で、一種のお仕置きのようにぼくを無視し、何を言っても聞いてくれなかった。母の視線と態度は、罰《ばっ》していたのだ。だれを？　不正を働いていた者ではなく、不正に悩まされていた者をだ。こんな仕打ちを受けては、何もかもがいやになり、絶望してしまうのもあたりまえではないか。

　ぼくはもう、バイオリンを弾かなかった。腰を下ろして、バイオリンについた数々の傷をながめていると、怒りや苦しみがつのった。でもぼくは、そうした怒りや苦しみに、かえって陶酔《とうすい》しているようでもあった。バイオリンには、ひびさえも入っていた。このバイオリンは、かつてはぼくの幸福そのものだったのに。あるいは少なくとも、日々の幸福を約束してくれるものだったのに。こうした約束が、ぼくたち子供には必要だったのだ。その頃《ころ》のぼくには、このバイオリン以外に幸福と呼べるものがなかった。だからぼくは、強盗がいの行為に関係していたと思えるみんなを憎んだ。

　ぼくはねたみ苦しんだ。母がぼくではなく弟の方を守ったからだ。正義感の強いぼくは、ぼくの人格を否定されたように思い、とても傷ついた。誰《だれ》だって、人格を否定されたときに一番深く傷つくのだ。

　それに加えて、まだ子供だったぼくは、自分の心の狭《せま》さが、みずからの不幸を招きかねないということには気づいていなかった。この世の中では正義はあたりまえのものではなく、母親の愛情ですらいつでも公平に分け与えられるとは限らないということも、知らなかったのだ。こんなことが重なって、ぼくはもうバイオリンを弾かなくなった。ほかにどうしたらよいのか、見当もつかなかった。

ある日、学校から帰ると、バイオリンはめちゃめちゃにこわれて床に散らばっていた。それを見て、やっと泣くことができた。ぼくはそれまでに泣いたことがなかった。年上の子が年下の子に泣かされるなんて、あってはならないと思っていたのだ。そんなことがあれば、年下の子が図に乗りすぎてしまいかねないだろう。

でもそのときのぼくは、そんな考えなど頭になく、ただ泣いていた。足で床を踏み鳴らして自分の権利を主張したりはせずに、ひたすら泣いていたのだ。すると突然、ほてっていた首のまわりに、ひんやりした腕があてがわれるのを感じた。それは母の腕だった。母はぼくのすぐそばに来て、ぼくをなぐさめてくれた。とてもやさしい口調《くちょう》でこう言った。

「ごらん。このバイオリンがあなた一人のものだったとしても、あなたたち二人のものだったとしても、今はもうこわれてしまったのよ」

母の言葉は、理屈としてはおかしなものだったかもしれない。でも、ぼくにとっては、天からの諭《さと》しだった。ぼくの涙は、悲しみの涙から恥ずかしさの涙へ、そしてしまいには喜びの涙へと、ゆっくり変わっていった。そして、こう感じるようになった。「ぼくのふるまいは、本当に幼稚だった。ひとりじめにすることだけを考えて、人に分け与えようとしない態度は、いかにも幼稚だし、役に立たないし、幸福をもたらすことはまったくないのだ」。ぼくはさらに、子供心に思った。「大人なら、こういうことはよくわかっているだろうから、ぼくみたいなことはしないんだろうな」と。

［チャンスが巡ってこなかったと思いますか？］

Eさんが出会ったアメリカ文学

人生に隠された秘密の一ページ

ナサニエル・ホーソン

［品川亮《しながわりょう》 新訳］

「夢をかなえたかったけれども、そのチャンスが巡ってこなかった」ということもあります。

バッターボックスに立てなければ、いくら猛練習を積んでいても、ホームランを打つことは不可能です。

これほど無念で、むなしいことはないでしょう……。

しかし、じつはすごいチャンスが、自分にもちゃんと巡ってきていたのかもしれません！　気づかなかっただけで。

それは、よけいに残念なことでしょうか？

それとも、少しは救われた気持ちになれることでしょうか？

ナサニエル・ホーソン（Nathaniel Hawthorne）

1804-1864　アメリカの小説家。4歳のとき父を失い、母の手で育てられた。9歳のとき足に傷を負い、2年間、家にひきこもる生活を送った。大学を出た後、故郷に戻り、10年余り、読書と創作に専念。孤独な生活を送り、散歩も夜にした。24歳で自費出版するが失敗。生活のために就職するが退職、また就職するが退職。40代後半に書いた小説『緋文字』が高く評価される。1953年、友人が大統領になり、リヴァプール領事に任命される。

人生を大きく揺《ゆ》り動かし、将来まで変えてしまうくらいの出来事でも、いったい何が起きたのか、私たちはほとんど気づかないままのことがあります。

もともと気がつけないくらい小さな出来事なら、もっとたくさんあります。

すぐそばにまで迫りながら人生には何の変化も起こさず通り過ぎていったり、ぎりぎりのところでほんのかすかな光や影を私たちの心の中に残していったりするような、ささいな出来事たち。

もちろん、そんな出来事すべてに気がついて、自分の運勢がどんなふうに上下するのかいちいちわかってしまうとしたら、人生は希望と恐怖ではちきれんばかりになるでしょう。大喜びしたりがっかりしたりで、一瞬たりとも心の落ち着くときはなくなってしまいます。

それを実感させてくれるのが、デイヴィッド・スワンの身に起きた、ある日の出来事です。本人もそのことを知りませんので、彼の人生に隠された秘密の一ページということになります。これからみなさんに、そのお話をご紹介しましょう。

さて、二十歳になったデイヴィッドは生まれ故郷を出て、街道を進んでいます。目的地はボストン。食料品をささやかに商う叔父さんのところで、働くことになっているのです。ニュー・ハンプシャー生まれ、とだけ記しておきましょう。立派な両親のもとで人並みの教育を受け、最終学歴も人並みにギルマントン・アカデミー*でした。

夜明けとともに出発し真昼まで歩き続けてきたデイヴィッドの疲れは、限界に達していました。真夏の暑さも厳しくなる一方です。それで、ちょうどいい木陰が見つかったらすぐに腰をおろそうと決めていました。駅馬車がやって来るのを、そこで待つつもりです。

するとまさにちょうどぴったりの、楓《かえで》の小さな木立が見えてきました。奥の方の真ん中あたりには居心地よさそうな空間があって、泉が湧《わ》き出ています。その水はとても清らかで、まるでデイヴィッドひとりだけのためにきらきら輝いているようでした。

でも若者は、そんなことは気にもとめず、水に口づけします。そして、渇いた喉《のど》をたちまち潤すと、勢いよく水辺に寝ころがりました。

頭の下には、荷物を置いて枕がわりにしました。シャツを何枚かとズボンを、ストライプの入った綿のハンカチでまとめたものです。

太陽の光もここまでは届かず、昨日の激しい雨のおかげで道路から土埃《つちぼこり》が巻き上がることもありません。若者にとって、羽毛のベッドよりもこの草むらの寝床の方が、はるかに快適でした。

かたわらで眠たそうにささやく湧き水、頭上では木の枝が真っ青な空を覆い、夢みるように揺れ動いています。やがて深い睡《ねむ》りが、若者の上におりてきました。その奥底には、いくつもの夢が潜んでいるのでしょう。

でもここでは、デイヴィッドが夢に見ることもなかった出来事についてお話ししましょう。

若者がぐっすり眠っている間にも、世間は目を覚ましています。寝床のすぐそばでは、歩行者や馬のほか、ありとあらゆる乗り物に乗った人々が、太陽に照らされた街道を行き来していました。

わき目もふらず突き進む者もいれば、木立の方に視線をやりはしても、別のことを忙しく考えていて、眠っているデイヴィッドに気づかない者もいました。

あんまりよく眠っているので、その姿を見て声を上げて笑う人たちや、自分がいらいらし

＊ニュー・ハンプシャー州に一九一〇年まで存在した私立の教育施設。

ているからといって若者の寝姿に毒づいていく人たちもいました。

あたりに人影のないときにやって来た中年の未亡人は、木陰にちょっと頭を突っ込んで、「なんてかわいらしい寝顔なの」と考えました。

ひとりの禁酒講師*はデイヴィッドの寝姿を目にするや、その晩の講話の中に取り込むことにしました。かわいそうに、道ばたで死ぬほど酔《よ》っ払っている最悪の実例として扱われることになったのです。

とはいえ、とがめられても賞賛されても、おもしろがられても軽蔑されても、あるいはまったく関心を持たれなくても、デイヴィッドにとってはぜんぶ同じことでした。何の意味もなかったのです。


二頭の美しい馬に引かれた、茶色い四輪馬車がやって来ました。若者が睡りに落ちて、まだいくらも時間の経《た》たないときのことです。

街道を苦もなくするする走ってきたかと思うと、デイヴィッドが休んでいる場所のほぼ真正面に停《と》まりました。輪止めくさびが抜け落ちたせいで、車輪がひとつはずれてしまったのです。

大きな損傷はなく、馬車から降りてきた老商人夫妻にも、不安げな様子は見られません。

二人はボストンへと帰る途中でした。

駆者《ぎょしゃ》と使用人が車輪を取り替えている間、二人は太陽を逃れて楓の木陰へと入っていきました。そうして泡立《あわ》つ泉と、そのかたわらで眠るデイヴィッド・スワンの姿に出会ったというわけです。

無心に眠る人には、どこか崇高《すうこう》なところがあります。老商人も、その姿に感動してしまいました。それで、なるべくそっと足を運びました。痛風の身体《からだ》では、難しいことでしたが。

妻の方も、絹のガウンがさわさわという音を立てないように細心の注意を払います。若者が、びっくりして飛び起きたりしないようにという配慮でした。

「ぐっすり眠っているね！」老紳士はささやきました。「あんなに深くやすやすと息をして。薬の助けも借りないであんなふうに眠れるんなら、財産の半分を投げ出してもいいな。健康でくもりのない心を持っている証《あかし》だからね」

「それから、若さも」夫人が言います。「健康で心が平穏なだけでは、ああは眠れないわ。わたしたちの睡眠なんて、起きているときと区別がつかないもの」

＊禁酒運動の一環として禁酒の意義を説いた講師。

見つめれば見つめるほど、謎の若者への興味が募《つの》りました。道ばたの木陰が、秘密の寝室に見えます。ダマスク織*のカーテンを引いたように、豊かな暗がりが彼の身体を包《つつ》み込んでいました。

一筋の陽光が、若者の顔に射し込んでいます。夫人はそれに気づくと、わざわざ枝をひねって光を遮《さえぎ》ってやりました。この小さな親切を施《ほどこ》してみると、若者の母親になったような気持ちがわきおこりました。

「この子がここで寝ているのもなにかの縁だわ」夫にささやきかけます。「神様が出会わせてくれたのよ。甥っ子にがっかりさせられたばかりのこのタイミングだもの。亡くなったヘンリーに似ているところもあるみたい。起こしましょうか？」

「何のために」商人はためらいました。「この子の人柄については、何も知らないじゃないか」

「あの開けっ広げな表情を見て！」声は抑《おさ》えたまま、熱っぽく妻がこたえます。「こんなに無邪気に眠れるなんて！」

こうしたささやきが交わされる間にも、若者の胸の鼓動が高まったり、息が荒くなったりすることはありません。表情がほんのかすかに変化して、心動かされた様子を示すこともなかったのです。それでもこの瞬間、運命が若者の上に身をかがめて、黄金を降り注ごうとしていました。

老商人は、ひとり息子を亡くしたばかりでした。そして、財産を相続させる者を求めて遠い親戚を訪ねたものの、その人柄に満足できなかったのです。こういう場合に人間というものは、魔術師よりも、さらに突拍子もない行動にでることがあるものです。貧困の中で睡りについた若者を、富の中で目覚めさせるというような。

「起こすべきよ」夫人が熱心に繰り返します。

「馬車の準備ができました」背後から使用人が話しかけました。

老夫婦はびくりとして赤くなり、そそくさと立ち去りました。二人そろって、どうしてあんなばかげたことをしかけたんだろうといぶかしみながら。

商人は馬車の後部座席に身を投げ出すと、不幸な実業家たちのために豪奢《ごうしゃ》な保養施設を作る計画について思いを巡らせはじめました。

その間にも、デイヴィッド・スワンは気持ちよく昼寝を続けます。

＊模様の織り込まれた、裏地付の織物。

馬車が出発して何マイルも進まないうちに、若くかわいらしい娘が足どり軽くやって来ました。その姿からは、小さな心臓の脈打つ様子が、ありありと伝わってきます。たぶんこの楽しげな調子のせいだったのでしょう、ガーターの結び目がほどけてしまいました。

シルクのひもがゆるんだことに気づいた少女は、道をそれて楓の木陰へと足を踏み入れました。すると、泉のかたわらでひとりの青年が眠っているではありませんか！　彼女は、薔薇のように顔を赤らめました。まるで、男性の寝室にひとり飛び込んでしまったとでもいうように。それで、抜き足差し足、その場を立ち去ろうとしました。

ところが、眠れる若者には危険が迫っていたのです。巨大な蜂が、ブンブン羽音を立てながら頭上を飛び回っていました。葉っぱの間をくぐり抜けたかと思うと射し込む陽光の中でキラリと光り、暗がりに姿を消します。そしてついには、デイヴィッド・スワンの瞼《まぶた》の上に止まりました。

蜂の一刺しは、生命に関わることがあります。無邪気な少女はおそれることなく、ハンカチで静かに若者の顔を撫でて、蜂を楓の木陰から追い払いました。なんて愛らしい光景でしょうか！

この善行を成したおかげで少女の呼吸は早まり、顔はさらに赤らみました。

そして見知らぬ若者の顔をちらりと盗み見ます。なんといっても、彼のために空飛ぶドラゴンと戦ったのですから。

「きれいな人！」そう考え、ますます顔を赤らめます。

このとき、若者の見ている夢が幸せのあまりふくれあがり、ついにはばらばらに破裂して、散乱した幻影の欠片《かけら》の中に少女の姿を見る、なんていうことがどうして起こらなかったのでしょうか。せめて寝顔に、娘を迎える明るい微笑みのひとつでも浮かび上がるとか。美しく古風な物語に拠《よ》るならば、少女と若者の魂はもともとひとつのものでした。若者には、自分でもわけのわからない情熱にかられて会いたいと切望している女性がいましたが、少女こそがその人だったのです。

この少女こそデイヴィッドが完璧な愛を捧げられる相手であり、デイヴィッドこそ彼女が心のいちばん深いところまで受け入れられる相手でした。

若者のかたわらの湧き水には、かすかに赤らんだ少女の姿が映っていました。それが消えてしまえば、若者の人生において二度とこの幸せの光が輝くことはないでしょう。

「ぐっすり眠ってるのね」少女はつぶやきました。

立ち去るとき、彼女の足どりはやって来た時ほど軽いものではありませんでした。

娘の父親は、この地方で財を成した裕福な商人でした。しかもちょうどそのとき、まさにデイヴィッド・スワンのような若者をさがしていたのです。もしデイヴィッドが道ばたで少女と知り合っていたとしたら、父親に雇い入れられ、そこから先は自然のなりゆきが待ち受けていたことでしょう。

つまりこのときもまた幸運が——最高の運命が、肌に触れそうなほど近くまでやって来ていたのに、デイヴィッドはまったく知らないままだったのです。


少女の姿がまだ見えなくならないうちに、二人組の男が道をそれて楓の木立に足を踏み入れました。肌は浅黒く、ハンチングを斜めにかぶっています。そのせいで眉毛《まゆげ》のあたりまで隠れていました。服はぼろぼろでしたが、ちょっと気のきいたところもあります。二人は、生きるためにならなんにでも手を染めるごろつきだったのです。仕事の合間に、次の悪事のもうけをすべてトランプに賭けようと、木の下にやって来たところでした。

ところが、泉のそばで眠るデイヴィッドを見つけるや、悪党のひとりが相棒にささやきかけました。

「おい、頭の下の包みを見ろよ」

もうひとりはうなずき、ウィンクをしていやらしい目つきをします。

「ブランデーを一杯賭けてもいいぜ」最初の男が言います。「シャツの中に財布《さいふ》か小銭を隠してるに違いねえ。さもなきゃズボンのポケットの中だな」

「目を覚ましたらどうする」もうひとりが言います。

相棒はベストをめくりナイフの柄を見せてうなずくと、

「どうもしねえさ！」と低い声でこたえます。

二人は、眠り続けるデイヴィッドに近づきました。

ひとりが彼の心臓にナイフを向け、もうひとりが頭の下の包みを探ります。若者の上に身をかがめた二人の顔にはいかめしくしわがより、罪悪感と恐怖で青ざめていました。身の毛のよだつような姿です。もしデイヴィッドがそのとき急に目覚めたとしたら、きっと悪魔がいると思い込んだことでしょう。いえ、そのときはごろつきたち自身ですら、泉に映っているのが自分たちの姿だとは気づかなかったにちがいありません。

しかしデイヴィッド・スワンは、これまでになかったくらい静かに眠り続けていました。母の胸に抱かれていたときでも、こんなに穏《おだ》やかではありませんでした。

「抜き取るぞ」ひとりがささやき、

「こいつが動いたら、刺す」もうひとりがこたえます。

ところがまさにその瞬間、一匹の犬が地面を嗅ぎ嗅ぎ楓の下にやって来ました。悪党二人を交互に眺《なが》めてから、静かに眠る若者を見やります。そうして、泉の水をぴしゃぴしゃと飲み始めたのです。

「ちぇっ！」悪党のひとりが言います。「こりゃだめだ。犬の飼い主が近くにいるにちがいねえ」

「一杯飲んだら出かけよう」相棒はこたえました。

男はナイフを懐に突っ込み、ポケットからピストルを取り出しました。とはいえ、一撃で人を殺せる類のものではありません。ピストルの形をした酒の小瓶です。蓋《ふた》の部分がブリキのコップになっていました。

二人ともたっぷり一口ずつ飲むと、その場を後にしました。たった今犯しかけた悪事について冗談をとばしては、ゲラゲラ笑いながら道中を続けたのです。

そして何時間もしないうちに、彼らはそんなこともすっかり忘れていました。まさか未遂に終わった殺人が、こうして文字に書き留められ永遠に記録されたとはつゆ知らず。

デイヴィッド・スワンはといえば、あいかわらずすやすや眠っています。我が身に死の影が差したことも、その影が消え新しい命が輝きを放ったことも知らないままです。

若者はまだ寝ています。でも、最初の頃《ころ》ほど静かな様子ではありません。何時間も歩き続けた後でしたが、そのしなやかな身体《からだ》はたった一時間の睡眠によって完全に回復していたのです。

身じろぎをはじめ、唇《くちびる》を動かし、真昼の夢のなごりに向かって、なにやらもごもごと語りかけます。車輪の音が次第に大きくなりながら近づいてきて、晴れかけた霧のようなデイヴィッドの睡りの中に飛び込んできました。駅馬車の到着です。

若者は飛び起きました。睡りにつく前と変わったところは、ひとつもありません。

「おおい！　席はあるかい？」若者は叫びます。

「屋根の上ならあいてるよ！」馭者《ぎょしゃ》が返します。

デイヴィッドは飛び乗り、ボストンに向けて上機嫌《じょうきげん》で出発しました。夢のような人生の浮き沈みが起こった、あの泉にちらりと目を向けることすらしません。

富の幻が黄金の輝きを投げかけたことも、愛の幻がせせらぎにひそやかなため息をもらしたことも、あるいは死の幻が水を深紅に染めかけたことも知らないままなのです。そんなことがすべて、睡りに落ちてからたった一時間の間に起こったというのに。

眠っているかどうかにかかわらず、起こりかけた不思議な出来事の軽やかな足音というのは、耳に届かないものです。そんなふうに、目にも見えず思いもよらない出来事が、いつでも私たちの進む道を横切っています。それなのに、人生には天の摂理による秩序があって、ほんのすこしなら先のことを予見できるのだなどと、本当に言えるのでしょうか？

［夢をあきらめるためには何をしたらいいのでしょうか？］

Ｆさんが出会った日常ミステリー

紅《あか》き唇《くちびる》

連城三紀彦

夢をかなえるためには、頑張らなければなりません。

夢をあきらめるためにも、やはり頑張らなければなりません。

気持ちを整理するのは、簡単ではありません。

でも、あきらめる場合には、どう頑張ればいいのでしょうか？

何をすれば、あきらめられるのでしょう？

何をしたらいいのかわからない、そのもどかしさも、夢をあきらめるつらさのひとつではないでしょうか？

この物語の登場人物がやったことは、夢をあきらめるための一種の儀式のようなものかもしれません……。

連城三紀彦（れんじょう・みきひこ）

1948-2013　名古屋市生まれ。小説家。早稲田大学在学中の1977年に『変調二人羽織』で幻影城新人賞（小説部門）を受賞しデビュー。卒業後は塾講師をしながら小説を書き続ける。『戻り川心中』が日本推理作家協会賞を受賞。ミステリー作家としてスタートするが、恋愛小説でも高く評価され、作品の幅を広げていく。『紅き唇』などで数度の直木賞候補に。『恋文』で直木賞受賞。他に『私という名の変奏曲』『宵待草夜情』『隠れ菊』など。

「日本の道路には中古のほうがなじむんですよ。何も高い金だして新車買わなくても」

和広《かずひろ》のその言葉で決心がついたのか、客の、まだ学生らしい若者は、もう一度フロントガラスの二十二万の貼《は》り紙《がみ》をながめてから、「買うよ」もっさりした口調《くちょう》で答えた。

和広の言葉は、ただの商売用ではない。日本の道路には、中古車のほうが似合うのだと、この頃《ごろ》では本当にそう考えている。それは高速道路やら立派な道路も多くなったが、まだまだ動脈硬化して、角から角まで短く息ぎれする道路には、風景としても少しくたびれた車のほうがいい。大学卒業後六年勤めた広告代理店の倒産後、杉並区のはずれの小さな中古車センターに勤めだして二年が経《た》ち、やっとそんな言葉で今の仕事を納得するようになった。

倒産の少し前には、結婚にもしくじっている。初めのうちは、無理にも中古車に愛着をもつことで、三十前の若さですでに先細りしはじめた人生を弁解していたのだが、最近は、強がりでなく中古車の魅力がわかってきたと思う。人間とおなじで車も多少傷があり、のんびりしてる方が安心して身をまかせられるところがある。なにも青信号にかわると同時に勢いよくとびだすだけが人生ではなかった。

結婚の失敗といっても、会社の倒産同様、和広にはなんの責任もなかった。半年の交際で結婚した文子が、結婚三か月目に子宮外妊娠で死んでしまったのだから、これも不運としか言い様がなかった。妻という呼び方も実感にならないうちにあっけなく死に、その死も実感にならないうちに、倒産騒ぎとなった。

実際、一昨年から今年のはじめにかけては、不運の連続だった。新妻の死と会社の倒産と相次いで負ってしまった気持ちの傷も癒《い》えかけて、やっと中古車の販売という仕事にも慣れかけたころ、今度は自分も体に傷を負ったのである。今年の一月だった。自転車でアパートに戻《もど》る途中、ダンプと衝突したのだった。これも和広にはわずかの責任もなく、一方的に相手の不注意だった。生命に別状はなかったし、一か月の入院生活で以前通りの体にもどったが、脇腹《わきばら》に一尺ほどの傷をつくってしまった。

最初のうちは、傷が痛むたびに気持ちが暗くなったが、今から思えば、事故はかえって良かったのである。諦《あき》らめだったのか、開き直りだったのか、傷ものになった体でとことん傷ものの車につきあってやろうとそれまで半端《はんぱ》だった気持ちにけりがついた。

負った傷もみんな過去だと割りきってしまえば、今の生活には何の不満もなかった。経営者の夫婦は親切にしてくれるし、従業員が一人で、忙しいぶんだけ給料もよかった。

ただ一つ、この間うちから再婚問題でこじれていることがあって、それだけが目下の心配ごとなのだが、それも成りゆきにまかせればいいと思っている。人生は先細りしているが、そのぶん、気持ちは太くなった。

「あと二万。安くならないかなあ。こんなひどい傷あるんだし」

事故の直後なら聞き流せなかった言葉にも、

「仕方ないなあ。じゃあ二十万」

笑顔で答えた。中古車にも運不運がある。その千ccの国産の小型車は運に見離されたくちである。性能は悪くないのだが、赤の塗装がはげているうえにボンネットに目だつ傷がある。そのせいか客たちは安値に一度は目をつけるものの、いま一歩のところで皆渋い顔になった。渋い顔が車の傷より自分の体の傷に向けられている気がして、「傷があっても性能はいいけど」一時はムキになって答えたりもしていた。

買い手が見つかり、やっと自分の将来が拾われたような気がして、

「事務所の方へ来て下さい」

機嫌《きげん》よく声をかけたところで、事務所のドアが開いた。

「安田さん、アパートから電話。おかあさん倒れたって……」

経営者の奥さんに大声で呼ばれた。

「慌《あわ》てて帰ってくることないんだよ。あの人なんでも大袈裟《おおげさ》なんだから」

和広が部屋にとびこむと、窓辺にかけ布団《ぶとん》だけで横になっていたタヅは、起きあがって早速文句を言った。

あの人とは、結婚してこのアパートに来て以来つき合いのある隣室の奥さんである。タヅが晩御飯の買物からもどって廊下でうずくまっているのを見つけ、慌てて事務所へ電話をかけてくれたのである。

「ただちょっと立《た》ち眩《くら》みしただけじゃないか。あ、そうだ。晩御飯の支度。鯵《あじ》のたたき買ってきたんだけど、冷蔵庫にいれるの忘れてた。悪くなっちまう」

「寝てなよ。俺《おれ》に気、遣《つか》うことないから」

「気を遣ってるのは和さんの方だろ。べつに血相変えて素っとんでくることないんだよ。私や、預かり物じゃないからね。他《ほか》に行くとこなくて押しかけてきたんだよ。どこで死んだってあんたの責任なんかないんだから。ほら、汗だくじゃないか」

額にのせていたタオルを投げてよこし、扇風機を和広のほうに回して、制《と》めるのも聞かず、台所へ立った。

母といっても「義」という余分の一字がある。死んだ文子の母親であった。梅本タヅ、当年六十四歳。家庭運がなく戦前、昭和十年に栃木《とちぎ》の片田舎から出てきて神田《かんだ》裏の小さな旅館の一人息子に嫁いだのだが、この結婚は不幸なものだった。祝言《しゅうげん》間もなくに、亭主《ていしゅ》には気の強い姑《しゅうとめ》に無理矢理裂かれた先妻と子供がいることがわかった。亭主は半月も経たぬうちに、姑やタヅの目を盗んで先妻のもとへまた通いだした。それでも働き者のタヅは、姑には気にいられて、戦争の始まる前年には長女の靖代《やすよ》もできたのだが、開戦とともに姑が死に、同時に亭主はこれで邪魔者がいなくなったとばかりに先妻のもとに入り浸り、赤紙こそ来なかったが召集されたも同然であった。

戦時下のせいもあったが、タヅ一人ではいくら頑張《がんば》っても旅館は切りまわしきれず、結局人手に渡し、知り合いの旅館の賄《まかな》いに傭《やと》ってもらい、子供を育てた。空襲で先妻が死ぬと、復員したように亭主は戻ってきたが、坊ちゃん育ちだったからだろう、仕事の甲斐性《かいしょう》は全くなく、二十八年に文子が産まれると同時に酒の飲み過ぎで胃潰瘍《いかいよう》を患《わずら》って死んだ。後は印刷工場、牛乳工場、行商と三つの仕事をかけもちし、タヅは馬車馬のように働いて、何とか女手一つで二人の娘を育てた。

戦後間もなくに男の子供もできたのだが、それは死なせている。軽い熱と考え、背負って行商に出た中途の道で、ふと背中が軽くなったような気がしておろしてみると子供はもう虫の息だった。付近には民家も見当たらず、風の強い田舎の一本道にしゃがみこんで、栄養失調のために満足に出ない乳を必死に絞って子供に飲ませたという。

「苦労はしたけど、働くのは嫌《きら》いじゃないからねえ」

機嫌のいい時に思い出したようにする身上話をいつもそんな口癖で締《し》めくくった。

実際、家庭運は悪かった。

長女の靖代は中学の頃から洋裁学院に通い、高校卒業後は洋裁を教えて暮しを助け、六年前には大久保駅裏に三階建ての洋裁学校を開くほどになったのだが、その婿《むこ》が亭主よりもう一つ困った男で、自分は靖代の稼《かせ》ぎでヒモ同然に暮しながら、自分たちの結婚を反対された恨みがあってタヅを毛嫌いし、辛《つら》くあたった。靖代もまたその時の恨みをしつこく忘れず、人から先生と呼ばれる手前、人前では親孝行の真似《まね》も見せるが、陰では夫の味方について血を分けた娘とは思えぬ物言いをした。

それでも孫の世話をしていたうちはまだよかったが、孫が手を離れると、もう用はなくなったと言わんばかりの態度を見せるようになった。タヅはタヅで負けておらず、「亭主運も悪かったけど、婿運はもっと悪かったねえ」気強く言い返すから喧嘩《けんか》が絶えなかった。

「あれでは母さん可哀想《かわいそう》よ。私も働くからもう少し広いアパートへ移ってこっちへ引き取ってもらえないかなあ。母さんあなたのことは気に入ってるようだし、あなたとなら上手《うま》くやっていけると思うけど」当時文子に言われて和広は「俺は構わないけど」そう答えたのだが、そうこうするうちに文子は死んでしまったのである。

文子の一周忌に、供養《くよう》を口実にしてタヅはトランクと風呂敷包《ふろしきづつ》みをもってやってきた。そして、文子が自分の名義でかけておいてくれた生命保険がおりたからと言って、二千万近い記載のある預金通帳をさしだすと、「悪いけどこの金でさあ、ここで文子の位牌《いはい》守りながら暮させてもらえないかねえ」突然に言った。この頃は孫までが親の真似をして馬鹿《ばか》にする、とうとう大喧嘩の末に飛びだしてきたのだという。「これだけありゃ老人ホームにも行けるけど、文子の位牌と一緒に暮したくてねえ」そう言うタヅに、和広は預金通帳を押し返した。

「やっぱし老人ホームなんだねえ」

「いや」文子は死ぬ間際《まぎわ》まで母さんのこと心配してたし、これは文子の生命と引き換えの金だからもっと大事な時に使ってもらいたいと言って和広は、小さな仏壇の文子の写真を見た。

「文子と二人で暮すためにこのアパートに来たんだけど、文子、こんなに小さくなっちゃったから――義母《かあ》さんに場所残してったんじゃないかな」

タヅはしばらく信じられないといった顔で和広の顔を見ていたが、やがて目に皺《しわ》を集め、

「文子、男運はよかったけど、命の運がなかったんだ」

滲《にじ》んだ涙のぶんだけ、荒っぽい怒ったような口調で言った。

これが去年の夏で、最初はいくら仲が悪いといっても親子だからそのうちに戻っていくだろうと思っていたのだが、結局大久保からは何一つ連絡がないまま、タヅは一年、和広の部

屋に居座ってしまったのだった。

大久保の義姉夫婦の冷たさは、和広も、文子の葬儀の席で、まるで自分が文子を殺したも同然に言われ、知っていたが、一緒に暮し始めてすぐ、責任はタヅにもあることがわかった。

後家の頑張り同然に半生を暮してきたタヅは負けん気が人一倍強く、隣の奥さんや管理人、御用聞きまでにちょっとの事で喧嘩腰になり、ムクレ顔になる。だが反面人の好《い》いところがあり働き者だから、朝早くに起きて、アパート中の廊下の掃除から表の溝《どぶ》さらいまでやり、住人のホステスを「あれは化粧だけでなく面《つら》の皮まで厚いよ」悪《あ》し様《ざま》に言いながらも風邪をひいたりすると親身に世話を焼いたりするから、皆、気の強さには目を瞑《つぶ》ってくれていた。

尋常小学校にあがった頃から田圃《たんぼ》に出て大人顔負けの仕事をしていたというから、中背ではあっても肩は男のように張《は》っていて、土焼けた腕は和広より太かった。裁縫や料理などの細々《こまごま》とした仕事は駄目《だめ》で力仕事が得意だった。二間《ふたま》と台所だけの部屋でどんな仕事があるのか、六十四とは思えぬ大きな足音をたてて絶えず動きまわっている。だが動きまわっているわりに細かい女らしさが全く欠けているから、部屋は和広一人の頃より乱雑になった。

しかし、和広は不満を言わなかった。

最初のうちは、同情だったと思う。和広の言うことなら、多少ムッとした顔を返すことはあっても我慢して聞くし、いかつい手でそれなりに一生懸命弁当をつくっているのを見ると、ここを出たら他に行き場所がない、人生の最後の場所を必死に守ろうとしているのだと思えて、強《きつ》い言葉は口に出せなかった。

同情や遠慮だったものが、しかし、一年も経つうちにごく自然なつながりに変わってきた。今年に入ってすぐの事故が却《かえ》って良かったのかもしれない。ベッドの上の和広は身構えることなく我儘《わがまま》な言葉を口にできたし、タヅは文句を言いながらもそんな我儘を喜んで甲斐甲斐しく面倒をみ、傷口が合わさるとともに、二人の関係にも縫い合わされたものがあった。退院してからの和広は、このまま大久保から何の連絡もなければ、この人の死に水は自分がとってやろうと気持ちを決めるまでになっていた。

もともと和広の方も家庭運に恵まれていない。母は子供の頃死に、父も大学を出る頃には死んだ。郷里の信州に住む兄夫婦とは結婚式の時以来もう何年も連絡をとり合っていないし、結婚したばかりで文子を失った。多少の縁をよりどころに、他人同士が親子のように暮すのも悪くないなと思っていた。

そうは言っても、「義」の一字は気持ちの底に隠れて引っかかっている。倒れたと聞いて慌てて駆けつけた気持ちのどこかに、この人は預かり物だから——他人行儀の義務感があった。

「仕事の方、良かったのかい。おっ放《ぽ》りだしてきたんだろ」

「いや、どっちみち帰っていい時間だったから」

折角決心をつけた客が、「車買う時に人が倒れたなんて縁起でもないよ」若いに似ずそんな言葉を吐いて、結局また赤い車を売り損なったことは黙っていた。

和広が制《と》めるのも聞かず、タヅは起きあがって卓袱台《ちゃぶだい》に食事の用意を並べ、自分はいつも通り和広の半分ほどの惣菜《そうざい》で掻《か》きこむように食べ終えると、

「今夜はもう寝させてもらうよ。昨日暑くて眠れやしなかったから」

布団を敷《し》き、横になった。

「薬、買ってこようか」

和広が食べ終えて声をかけた時、電話が鳴った。受話器をとるなり、「何よ。家にいるんじゃないの」浅子《あさこ》のカン高い声が耳を破ってきた。

浅子と夕方待ち合わせていたのをすっかり忘れていた。もう三十分は過ぎている。義母さんが倒れたからと詫《わ》びると、

「私と逢《あ》うこと知ってたから、わざと倒れたんじゃないの。いいわよ、もう」

一方的に電話は切れた。

「あの子だろ？　私はいいから、今から行ってきなよ」

「大丈夫だよ。明日また電話するから」

和広の顔色を探り、タヅはごまかすように目をつぶり、背をむけた。

まだ和広が再婚を決心したわけでもないのに、浅子とタヅは既に嫁と姑の争いをしている。タヅが死んだ妻の母親であるだけに関係はややこしかった。

浅子は、和広が入院中世話になった看護婦である。美人ではないが笑うと目に愛敬《あいきょう》があり、最初はタヅの方で気にいって「いろいろよくしてもらったお礼に家へ遊びにきてもらおうよ」と言いだしたのである。

「いい子だねえ、笑うと文子に似てないかい、両親がないっていうけど苦労してる子はどっか違うね。和さんもこのまま一人ってわけにはいかないだろ。文子の一周忌も済んだし、どう真剣に考えてみちゃ」そう言ったし、浅子は浅子で二十八という年齢ではそんなに贅沢《ぜいたく》もいえないと思っているのか「三か月で病死なら、独身と同じよ。それにあのお婆《ばあ》ちゃんとなら一緒に暮してもいいわよ。友達がいってたけど多少気が強くても姑さんは口うるさい方がいいって……陰険《いんけん》に黙りこむタイプが一番困るって」積極的に出て、二人に押された恰好《かっこう》で和広もやっとその気になりかけたところ、突然、タヅの態度が変わった。

「ちょっと図々《ずうずう》しすぎるんじゃないかい。もう奥さん気取りだよ」毎週日曜に訪ねてくる浅子を悪く言い始め、和広が浅子の名を出すと嫌《いや》な顔になり、とうとう一か月前の日曜日、浅子が作って並べたフランス風の料理に「文子はこういう料理下手だったねえ、でもそれで良かったんだよ。和さんこういうコマしゃくれた料理好きじゃないから」露骨《ろこつ》な言い方をし、浅子は顔色を変えてアパートをとびだした。それ以後は、タヅに内緒で外で会っているのだが、「ちゃんと実の娘がいるんでしょう。なんであなたが面倒見なきゃいけないのよ」浅子もタヅに完全に腹を立てていた。

それでも和広に未練があるらしく「交際をやめる」という言葉は出さなかった。和広も、この二年の不運続きのうちに将来のことには神経をピリピリさせず、現在にのんびりする癖がついて、もう少しこの不均衡のまま様子を見ようと思っている。浅子も勝気すぎるところは困るのだが、タヅに似て根本的な所では悪い性格ではなかった。

「来週は文子の命日だろ……三回忌だから大したことはしないけど、浅子さんにも来てくれるように、明日会ったらそう言っとくれよ」

タヅの岩のような背が、ぽつんと言った。

六十四まで丈夫な体だけが取柄《とりえ》でやってきたタヅには、倒れたことがやはり大きな衝撃だったのか、珍らしく弱音を吐く恰好だった。

風鈴が鳴った。

夏の夕風には、隣の石鹸《せっけん》工場の薬品くさい匂《にお》いが混ざっていた。

「俺、あの人見てると可哀想な気がして」

和広はまだ不機嫌な顔をしている浅子をテーブル越しに見て言った。

「茶碗《ちゃわん》なんか凄《すご》い力で洗うからすぐ割れちゃうんだよ。洗濯《せんたく》も洗濯機じゃ洗った気しないからって手で洗うんだけど、あんまり力いれるから、下着なんかすぐ擦り切れて……台所の床なんかも一日に何回も雑巾《ぞうきん》かけるからこの頃《ごろ》合板が剝《は》がれてきてる。壊すために働いてるんだなあ。そういうの見てると家族のために自分の一生犠牲にしてガムシャラ働いてきたのに、最後には俺みたいな他人に世話になる他《ほか》ない理由わかる気がする」

「和広さん、死んだ奥さんのことまだ愛してるのよ。まだ愛してるから、その人のお母さんにこだわってるのよ」

「愛情だなんて……たった三か月だったんだ、死んだからって泣くわけにもいかなかったよ。それに俺があの人の面倒見ようって気持ち、もう文子の母親だってことと関係なくなってるから」

浅子は黙って、ストローでアイスコーヒーに息を吹きこんでいる。ぶくぶくと音をたてる泡《あわ》で胸の中のものを吐きだしているように見えた。

「この間のことだって自分では悪いって思ってるんだよ。そりゃ口には出さないけど、来週文子の命日に来るように言ってほしいって」

浅子は最後に一つ大きな泡をつくって、

「それだって、死んだ文子さんの写真見せつけるためじゃないの」

「そう何でも悪く考えるなよ」

浅子は目の端でちらっと和広を見て、

「中古だもん。のんびり一人で運転したいわよ」

拗《す》ねたように言った。煙草《たばこ》に火をともそうとした和広の手がとまった。

「中古って、俺のことか？」

結局喧嘩になってしまい、和広は喫茶店をとびだすと繁華街のパチンコ屋に入った。タヅと一緒に暮すようになってから、何か腹の立つことがあるときは、それを鎮《しず》めてから帰ることに決めていた。

空《あ》いた台を探していた和広は、隅《すみ》の席にタヅに似た後ろ姿を見つけ、足を停《と》めた。いや確かにタヅである。見慣れた浴衣地《ゆかたじ》の服の後襟《うしろえり》には下着が覗《のぞ》いている。銭湯の帰りにでも寄ったらしい。椅子《いす》に座って玉を打ちこんでいる膝《ひざ》には洗面器がのっている。太い節くれだった指を器用に動かし、受け皿《ざら》には溢《あふ》れるほどに玉が溜《たま》っている。和広は前にタヅが煙草を三十箱近くまとめて買ってきたことを思いだした。月末の金の少ないときにおかしなことをするなと思ったが、これだったのだ。

和広が黙って隣に座ると、タヅは驚いて、ちょっときまり悪そうな顔をしたが、

「今夜遅くなると思ったから。貧乏性だからねえ、指でも動かしてないと——浅子さんと逢《あ》わなかったのかい」

和広が肯《うなず》くと、

「——嘘《うそ》だろ。逢って喧嘩でもしたってとこだね」

「どうして？」

「機嫌《きげん》の悪い時、顔に出ないように気い遣うだろ？　すぐわかるんだよ。めったに笑わない人が笑顔になるからね」

「上手いじゃないの。教えてもらおうかな」

和広は笑顔をとめると慌《あわ》てて話題を外《そ》らした。

「二十年もやってれば誰《だれ》だって上手くなるさ」

「へえ、知らなかったな。仕事することしか知らない人だと思ってた」

「私だって、あんたみたいな真面目《まじめ》な人がこんな所来るなんて思わなかったよ」

「俺《おれ》の方はまだ二年——文子の葬儀の次の晩が初めてだったから」

「じゃあ似てるんだ——私も亭主《ていしゅ》が死んだ晩に文子背負ってやったから。その前から辛《つら》くて泣きたいときにはよく行ってたけど……みんなに背向けてるし、喧騒《うるさ》いだろ。少しぐらい声

出して泣いたってわかりゃしないから。でもあの晩は泣けなかったねえ。あんな亭主でも死んだんだから涙の一つぐらい流してやりたいと思ったんだけど……そいでこうやって玉を目ん所狙《ねら》って打って……」

和広が覗《のぞ》きこむと、台のガラスに薄い影で映ったタヅの顔の目のあたりを玉は巧みに切って、銀の雫《しずく》となり落ちていく。次々に落ちる銀の雫は時々きらきらと光を放ち、本当にタヅの目から涙でも流れだしているように見えた。

「こうやって涙流してるつもりになってさ」

「俺も泣けなかったな。義母《かあ》さんには悪いけど文子あんまりあっけなく死んだんで、俺ピンとこなくて……葬式終わって一人になったらぼんやりしてね。泣きたい気持ちはあったし、泣かなきゃ三か月でも文子と一緒に暮したこと嘘になるような気もしたし……それでビール飲んで、安っぽい艶歌《えんか》なんか歌ってみたけどさあ……欠伸《あくび》した時みたいな涙がちょっとだけ……」

「短かったもの無理ないよ。でも泣きたいときに泣けないってのもねえ」

「結構辛いね、あれも」

和広はタヅを真似《まね》て台に顔を近づけガラスにかすかに映った自分の影を狙って玉を弾《はじ》いた。タヅのように上手くはいかないが、それでも時々玉は目のあたりを切って落ちる。目を細くすると玉の形が消え、光だけが残りそれがだんだん本当の涙のように見えてくる。涙のひと雫がチューリップの花を開いて吸いこまれ、たくさんの雫に増えて、受け皿へとこぼれだした。

こんな泣き方もあったんだなと思いながら和広は黙々と玉を弾き続けた。影の頰《ほお》を切った玉だけが、不思議に花に命中し、じゃらじゃらとぎごちないがどこか澄《す》んだ音で、いっぱいの銀色の光を流しだしてくる。受け皿が銀の光で満ちるとともに、和広の胸にも同じ光で溢《あふ》れてくるものがある。文子が死んで二年、自分の気持ちを固く引き緊《し》めていたものがふっと緩んだ気がした。

溢れた皿から玉が一つ零《こぼ》れ落ちたとき、和広の目から自然に流れ落ちたものがあった。

「文子、いい娘《こ》だったねえ」

タヅの受け皿にも次々と銀の雫が流れだしている。

「ほんと、あんないい奴《やつ》いなかったよ」

「人間、良すぎると早く死ぬね。浅子さんはどうだろ？　私と同じで気が強いから長生きの口かねえ」

「長生きだな、あれは絶対」

「後に残ってパチンコ台で涙流す方かね……和さんも気をつけとくれ。人が良すぎるとこあるから」

「俺は大丈夫だ。トラックにぶつかっても死ななかったんだから。俺も後に残って涙流す方だよ——義母さん死んだら俺、このパチンコ屋へ来る」

受け皿から玉が溢れ落ち、「年寄りの機嫌《きげん》とるより若い娘の機嫌とっとくれ」憎《にく》まれ口を叩《たた》きながら、タヅは玉を拾い集めた。

「けど、命の運はあっても他の運はみんな悪いね、義母さんも俺も」

「運悪いけど、パチンコはよく出るね」

「ほんと、よく出る」

「浅子さんも運悪い口だ。よりによって一度奥さんもった男に惚《ほ》れるんだから。あの子、真剣に惚れてるよ。あんた見るとき昔の女みたいないい目するよ」

「目は惚れてても口は惚れてないね。中古だって言われたよ」

「仕方ないじゃないか。本当に中古なんだから」

「もういいよ、アレのことは」

「そうはいかないよ。和さんだって悪いんだ。若い娘の機嫌とるの下手だから。文子が結婚前に言ってたよ。もう一つ女の気持ちわかってくれないって——あんた浅子さんがどんな服着てるか目とめたことあるかい？　あの子いつも精いっぱいお洒落《しゃれ》してるよ。それなのに和さん、全く知らん顔してるんだから。そういう所《とこ》、浅子さん淋《さび》しいんだよ。口紅の一本ぐらい買ってやりなよ」

「どうして口紅？」

タヅはひょいと屈《かが》みこんで落ちた玉を拾った。

「いつか言ってたから。口紅ぐらい買ってくれないかなあってさ」

「あの子、化粧してる？」

「ほらね、そんなんだから張り合いないんだ。ありゃ鏡と大格闘してきたって顔だよ」

「文子は口紅塗《ぬ》ってた？」

「つけてたよ。目立たない色だったけど」

「じゃあ、あん時——」

文子が死んだ時、タヅは看護婦から口紅を借りて死に顔に塗ってやりたいと言った。三か月の妻だった女の動かなくなった唇《くちびる》は、死に白く褪《さ》めて、和広にも淋しすぎるほどに思えたのだが、薄く微笑したままの安らかな顔を口紅の毒々しい色で瀆《けが》すのも却《かえ》って痛々しい気がして、やめてほしいと言ってしまったのだった。塗ってやればよかったな、とふっと後悔が湧《わ》いたせいか、開いたチューリップが赤い唇に見えた。

「ま、文子のことはどうでもいいさ。浅子さんにもう少し気を遣ってやりよ」

タヅはそれだけを言って後は黙りこんで玉を弾き続けた。

二人で四箱貯《た》まった玉は、景品の雑貨やウイスキーに交換した。

その夜、タヅは和広につき合ってウイスキーを一口飲んだが「こんな煙草の脂《やに》みたいのどうして飲むのかねえ」口では文句を言いながらも結構いい気分になったらしく、先に布団《ふとん》を敷いて横になると低い声で歌を口ずさんでいた。今朝はもう早くに起きて、「大丈夫だよ」といつも通りにドタドタと荒っぽい足音で動き回っていたが、いま心なしかタオルケットから突き出した顔は小さくなったように見える。タオルケットも洗いすぎて、端の方は白い糸《いと》屑《くず》がささくれだっている。

体で支え通した一生もこんな風に糸屑の綻《ほころ》びを見せるようになってきたのだ。

「よく唄《うた》ってるね、その唄――」

和広はテレビの野球番組にスイッチを入れながら言った。いのち短し恋せよ乙女、紅《あか》き唇あせぬ間に、という唄である。テレビ画面の野球は白熱していて、アナウンサーの声と観衆のどよめきが入り乱れている。その騒ぎに隠れるように、いつもの嗄《しわが》れ声で気持ちよさそうに歌い続けていたタヅは、

「いざ手をとりて、かの舟に」

で、不意に声を切ると、

「口紅って言や、豊《とよ》さんどうしたかねえ」

ひとり言のように呟《つぶや》いた。

「豊さんって？」

「戦争中に同じ旅館で働いてた人だよ」

自分は器量も悪いし力仕事しか能がないから裏方で賄《まかな》いをしていたが、豊さんの方は色白のほっそりとした美人で「ああいうのを柳腰というんだ」賄いをしながら客相手に座敷に出ていたりした、気だてもよく、ああいう女《ひと》を男は好くねえ、と前置いて、ぽつりぽつりこんな話を始めた。

その竜村《たつむら》という小さな旅館に戦前から時々泊りに来ていた若い少尉《しょうい》がいた。高円寺に新婚の弟夫婦と住んでいたが、夫婦水入らずにしてやるために家を明けてやっていたらしい。格別男前とはいえなかったが、眉《まゆ》の太い男らしい顔で切れ長の目に軍帽が似合い、怒《いか》った肩に軍服が似合っていた。

タヅが嫁ぎ先の旅館を人手に渡し、幼ない靖代を連れて竜村に住みこんだころから、その少尉と豊とは好き合う仲であった。好き合うといっても、だが二人は言葉一つ交わすというわけではなかった。いつも鯱《しゃちほこ》ばっている少尉は豊の顔を見ると、いっそう銅像か何かのように堅くなって、天皇陛下に謁見《えっけん》でもしたような最敬礼を送るだけである。豊の方も、日頃、他の客には愛想のいい言葉もかけられるのに、少尉が来ると恥かしがり自分が賄いの仕事をして、タヅに少尉の食事などの世話をさせた。

それでも惚れてる証拠に、タヅが部屋から戻《もど》ってくると、少尉の様子をお茶の飲み方一つまで気にして豊は尋《たず》ねてくる。少尉は少尉でタヅとは親しげに言葉を交わす、その端々に豊のことをちらちらと心配そうに尋ねてきた。タヅには焦《じ》れったいほどで、思いきって豊のかわりに気持ちを伝えてやろうかと何度思ったかしれないが、豊がそれだけは絶対にやめてくれ、そんなことをするなら裏の川に身投げすると言う。川といっても脚の半《なかば》ほどまでの深さの貯水なのに、豊は真面目な顔であった。

一年が経《た》ち、戦争も激化して少尉の部隊もいよいよ戦地に旅立つことになった。少尉は最後の一日を竜村へ過しにきた。タヅには靖代の好きなビスケットの罐《かん》を最後の土産《みやげ》としてくれ、「それからこれはお豊さんに」自分が旅館を出たら渡してほしいと相変わらず無骨な口調で言って、小さな箱を押し出し、タヅに預けた。

その最後の晩、タヅはまだ恥かしがっている豊の手を無理矢理引っ張って少尉の部屋へ連れて行った。二人だけにしてやろうと立ちあがったタヅのモンペに豊は必死に縋《すが》って、「タヅさんもここにいてくれ」と訴える。少尉も両膝に置いた手を小刻みに震わせて「そうしてくれ」と言う。タヅは仕方なく座り直したが、少尉と豊は座卓を挾《はさ》んでうつむき加減にただじっと座っている。座がもたなくて、タヅは沈黙を埋めるために、調子っぱずれな声で花笠《はながさ》音頭《おんど》や軍歌をわざと陽気に声を張りあげて歌った。下手な歌を少尉は褒《ほ》めてくれ、最後に「ゴンドラの唄」をやってくれませんかと言った。「いのち短し恋せよ乙女、紅き唇あせぬ間に、熱き血潮の冷えぬ間に」タヅは軍歌と同じように腕を振って歌った。

「後から考えりゃ、最後の晩だったんだからねえ、じっと黙ってるだけでも二人だけにしておいてやりゃ良かったんだけど……」

翌朝、少尉がひき払った後で豊に渡した小さな箱から出てきたのは、一本の口紅だった。あの無骨な少尉さんがどうして口紅なんか――タヅは驚き、豊も不思議そうにしていたが、やがて「そう言えば」と思い当たった顔になり、戦争が始まって間もない頃のことを話しだした。

冬の朝、豊は庭掃除をしていて、縁の下にがらくたの詰まった箱を見つけた。錆《さ》びた空罐や割れたガラス瓶《びん》に混ざって埃《ほこり》のたまった口紅が出てきた。底の方にかすかだがまだ紅の色が残っている。豊は小指でそれを掬《すく》いとり、縁側の硝子戸《ガラスど》を鏡にして唇にちょっとつけてみた。白い息で硝子はすぐに曇ってしまう。硝子を拭《ふ》き拭き、箒《ほうき》を杖《つえ》に必死に背のびして顔を映していたのだが、その時誰《だれ》かの視線を感じてふり返ると、廁《かわや》から出た所に少尉が立っていた。少尉は豊と目が合うと、慌《あわ》てて荒っぽい足音で縁を通りすぎていったのだが、きっとあの時のことを憶《おぼ》えていてくれたに違いない、と豊は言った。

この時世にいったいどうやって見つけだしてきたのか、口紅は蓋《ふた》の金色も真新しく目が染まるほど鮮やかな真紅だった。

数日後の朝、二人は東京駅の前へ行った。出征する少尉の姿を一目見たかったのだが、沿道は大変な人だかりで、豊より頭一つ高いタヅがいくら背伸びをしても行列の先頭に立った馬上の男しか見えない。

そのうちに少尉のいる部隊の名を誰かが叫んだ。その部隊が今すぐ前を通っているらしい。だが聞こえるのは軍靴《ぐんか》の音ばかりである。その軍靴も人々の声にとぎれがちであった。階段の上り下りに踏み板をどんどんと鳴らしていた少尉さんの足音はどれだろう。胸の引き千切られる思いがし、豊は泣きそうな顔で必死にタヅの腕に縋《すが》ってくる。

咄嗟《とっさ》のことだった。タヅは屈みこむと豊の脚の間に頭をつっこみ、体中の力をふり絞って立ちあがった。子供の頃にはもう米俵を持ち上げられたし、豊が小柄《こがら》であったとはいえ、大人の女を肩車にするほどの力をどうやって出したのか不思議だったが、その時は夢中だった。豊もわけもわからぬままタヅの首にしがみついてくる。豊の足がぐいぐいと鳩尾《みぞおち》に喰《く》いこんでくる。その痛みに耐《た》えながら、ただ「万歳、万歳」と叫んでいた。やがて気が遠くなりかけ、力尽きて二人同時に道に倒れた。「見えた、見えた」後で聞くと見えたといってもいいかつい肩の後ろ姿で、一瞬少尉らしい男だとわかっただけらしいが、その時はただそれだけでも大喜びし、万歳の声と日の丸の嵐《あらし》の中で、抱き合って泣いた。

半年後の夏、少尉のいた部隊が南の島で玉砕《ぎょくさい》したという記事が新聞の片隅に出た。終戦のちょうど一年前だった。

「諦《あき》めてたんだろうね、豊さんも泣かなかったよ」

その日夕方にふらりと豊は出かけていった。一時間ほどで戻ってきた豊は白い紙袋の中に螢《ほたる》を二匹入れていた。豊はその晩床につく前に、初めて少尉から貰《もら》った口紅をおろして丁寧に唇に塗った。

「二人でこうやって……」

タヅはタオルケットから出した両手を胸の上で鬼燈《ほおずき》の形にふくらませて合わせた。その中へ螢を一匹ずつ入れて、夜明けまでわずかも動かずじっと横になっていたという。指の籠《かご》の透き間から時々光が漏れて夏の闇《やみ》に沁《し》みた。海の向こうで戦火が燃え血腥《ちなまぐさ》い殺戮《さつりく》がくり広げられているのが信じられないほど静かな夜だった。いや東京でさえいつこの静けさを空襲警報が破るかわからなかったが、どんなことがあってもこうやってじっとしていようと二人で約束し合った。

何も怖くなかった。空襲警報が鳴り、爆弾が落ちてきたとしてもそのまま黙って闇を見ていただろう。螢も二人の静寂を吸いとったようにじっとしている。豊のほっそりした指だけでなく、タヅの熊手《くまで》のような指までも螢は、ほのかな光で隈《くま》どり、美しく浮かびあがらせる。豊の手の光が消えると、タヅの手が光を滲《にじ》ませ、闇にかわるがわる二つの睡蓮《すいれん》の花が咲くようだった。夏の夜がしらじらと明け初《そ》めるまで、二人は何時間もそうして光の合掌を続けていた……やがて暁の光の中に最後の光を霞《かすみ》のように融《と》けこませ螢は死んでいった。

翌年三月の大空襲で竜村は焼け落ち、岡山の郷里に戻る豊を駅まで送っていったのが最後になった。

「どうしてるかねえ、豊さん今ごろ——」

呟《つぶや》いてから、

「黒髪《くろかみ》の色、あせぬ間に……」

もう一度、一節を唄った。

「義母《かあ》さんもその軍人さん好きだったんじゃないの」

「私は、この通りだし、ちゃんと亭主も子供もいたからさ。でも優しい人だったよ。私にもいろいろ親切にしてくれて、靖代ともよく遊んでくれたし、食事の世話の一つ一つに礼言って頭さげて……ほんと、いい人は早く死ぬよ」

最後の言葉はあっけらかんと言って、胸の合掌をほどき、

「浅子さんに来週来るよう言ってくれたかい」

「言ったけどあの見幕《けんまく》じゃ来そうもないよ」

「いや——きっと来るよ」

言うと、この時テレビで挙がった歓声の全部を呑《の》みこむほど大きな欠伸《あくび》をして「眠るよ。ああ、テレビはそのままでいいから」目を閉じた。

和広は散らかした卓袱台《ちゃぶだい》にもたれてぼんやりテレビの画面を見ていたが、野球が終わるとスポットニュースに「ホタル」という文字が出た。千鳥《ちどり》ヶ淵《ふち》に昨夜あたりから十数匹の源氏螢が小さな光を点《とも》して舞い、皆を驚かせているという。「終戦記念日が近づいて戦死者の魂が美しく蘇《よみがえ》ったかのようです」アナウンサーが言った。画面は何かの葉にとまった螢を大きく映しだした。墨色の体の端から円光を放っている。

和広は戦争とは無関係な世代である。この一年タヅが時々する昔話で、教科書の活字とは違う生きた歴史をいろいろ教えてもらったが、実感にはならなかった。しかし偶然今聞いたばかりの話が気持ちに残っていたせいだろう、螢の点す火に、ふっと南の島で死んだという軍人の魂が重なって見えた。タヅを起こしてやろうかと思ったが、タヅは既にいつもの荒い寝息をたてている。

岩膚《いわはだ》のような顔は頑固《がんこ》に目と口を閉じ、さっき自分がした昔話などもう忘れてしまったように見えた。

結局、浅子は文子の命日にやってこなかった。「きっと来るから」とタヅが余分に注文した弁当は、和広が二人分食べ、午後に多磨《たま》霊園へ出かけた。

生命保険の金を使って買った小さな墓地である。安田文子と彫られた真新しい御影石《みかげいし》の墓には既に誰か参った者があるらしい、新しい花がたててある。和広は大久保の義姉夫婦ではないかと思ったが、

「靖代達が来るもんか——あの娘《こ》だよ」

タヅは言った。そういえばいつか浅子が墓の場所を詳しく聞いたことがあるし、墓には花の他に罐《かん》の紅茶が供えてある。先週喫茶店で浅子が紅茶を頼んだとき、「文子も紅茶好きだったんだ」と言うと、浅子は慌《あわ》ててコーヒーに注文を変えた。

「やっぱり来たねえ」

自分の持ってきた花は隣の墓に飾り、しゃがみこんで長いこと念仏を唱えていたが、やがて浅子のたてた花をいじり直しながら、

「同じことやってるよ。豊さんと少尉さんなんだ。黙ってるかわりに喧嘩《けんか》して、でもお互いの本当の気持ち何も言えないってとこは四十年前の二人と同じだ。こんな風にこっそり花持

ってくるしかないんだ。戦争中じゃあるまいしもっとはっきりできないのかねえ……また縁結びしなきゃならないよ」

黙って煙草《たばこ》を吸っている和広をふり返り、

「あの娘が口紅欲しいっていったときから、二人の縁は結んでやろうと思ってたけどさ」

自分の口で話を壊しかけたことなど忘れたように恩着せがましく言った。

和広は半分、冗談と聞き流したが、翌日の昼休みに弁当を食べていると、タヅがやってきて三十分ほどつき合ってくれと言う。タヅは車道と歩道の区別がない道路では、真ん中を歩く。車が来ると避《よ》けるが、自然に足は真ん中に戻っていく。子供の頃田舎道を歩いた癖がまだ残っているらしい。サンダルからはみだした大足がコンクリートの下の土までもしっかり踏みつけて歩くのに従っていくと、タヅはパチンコ屋へ入った。

タヅはよく出る台を選んで、和広一人に打たせた。玉は面白《おもしろ》いほど出た。瞬《また》く間に箱半分ほどが貯まると、タヅはそれを景品交換所へもっていき、「どんな色がいい」棚《たな》を見上げた。初めて気づいたが、洗剤やインスタントコーヒーに混ざって化粧品が置かれている。タヅが聞いたのは口紅のことだった。十本近くが隅《すみ》に並んでいる。

「今から一人で浅子さんに逢《あ》ってこようと思ってね」

「いいよ。こっちから頭さげることないから」

「私はさげないさ。むこうにさげさせるんだから……どれがいいかね」

「俺《おれ》はわからないから」

「自分の好きな色でいいんだよ。どうせ気持ちだけなんだから」

「……一番赤いやつ」

仕方なく和広は言った。先週聞いた話の真紅の色がまだ気持ちに残っていた。「何も同じ色選ばなくても」というようにタヅは半分顔を顰《しか》め、半分笑った。簡単に箱を包ませ、パチンコ屋を出ると一人駅に向かった。節くれだった手でがっちりと口紅を握り、角張った背は闘志をむきだしにしていた。

事務所に戻るとすぐ、浅子から電話がかかってきた。

「どういうことよ。お婆《ばあ》ちゃん電話かけてきて、話があるから病院へ来るっていうけど」

「何話すかわからないけど聞いてやってくれよ」

「私だって忙しいんだから」

「抜けだせないのか」

「そうは言ってないけど——いいわ。でも話聞くだけだからね」

不機嫌《ふきげん》な声で、電話を叩《たた》きつけるように切った。

この様子では話がますますこじれるのが落ちだと思ったが、案の定、夕方家に戻るために事務所を出ると、柵《さく》の囲いの端っこの方にタヅが申し訳けなさそうな顔で立っていた。意気揚々と出かけていったが、結局大喧嘩になり和広に合わせる顔がなくなったらしい。もう長いことその場で和広が出てくるのを待っていた様子である。和広の顔を見ると黙って首をふり、申し訳け程度にちょっとだけ頭をさげた。悄気《しょげ》返って萎《しぼ》んでしまったようなタヅを見ると、和広は再婚は諦らめようとはっきりと気持ちが決まった。再婚してもいいし、しなくてもいい、二つの気持ちの間で中途半端《はんぱ》に揺《ゆ》れていた自分がいけなかったのだ。

「螢、見にいこうか」

「螢って、どこへ」

「千鳥ヶ淵に出てるんだって」

「へえ――本当に？」

和広は事務所へ戻り、車のキーを貰ってくると、今週も売れ残っている赤い中古車にタヅを乗せた。

「俺、月賦《げっぷ》でこの車買うことに決めたよ。いいだろ？　安くしてくれるって」

「けど、こんなボロ車……」

「塗装し直しゃ、新品同然になるよ。エンジンはいいんだ」

千鳥ヶ淵に到《つ》いて、テレビ画面で見た場所を探してみたが、どこか見当もつかない。堀《ほり》の水には、夕方から不意に暗くなった雲が重そうに沈んでいる。

交番で尋ねると、「あの螢なら二、三日でまたいなくなってしまった」という。それでも場所を教えてもらって行ってみたが、道路が立体交差する一画は、草の葉も暮色と車の排気ガスに包まれ、灰色に乾いて見えるだけで、螢の幻を追うこともできない。

乾いた舗道に雨滴が落ちてきたので、諦めて車に戻った。首都高速に入る頃《ころ》には降りがひどくなり、おまけに渋滞に引っ掛ってしまった。やっと車が流れだしたと思ったら渋谷が近づいてまた滞《とどこお》った。和広が車を停《と》めたときである。

「あっ、螢——」

横の窓を眺《なが》めていたタヅが小声で叫んだ。和広はタヅの肩ごしにサイドウインドーを覗《のぞ》いた。雨粒が乱れて筋をひくむこうに確かに螢のように小さな火が浮かんでは消える。

それはただ、高速道路が、両側の高層ビルに切りとられ、みじかい橋のように浮かんだ上を、車のライトがかすめ通っているだけのことだが、道路がそこで勾配《こうばい》をもっているために、燈《ひ》がすうっと舞いあがって消えていくように見える。

両側のビルの連なりは暗く、大都会の細い裂け目に、夜と雨とが落ちている。

小さな燈は舞いあがろうとする瞬間に、車窓を流れる雨粒にすくいとられ、枝別れする。

雨がはげしくなるにつれ、燈はますます散り乱れ、遠い闇に本当にたくさんの螢が群がっているようである。

「きれいだねえ……きれいだねえ」

初めて都会の燈を見た人のように窓に顔をこすりつけ、タヅは歓声をあげた。白いものが混ざり薄くなった髪には似合わない子供のような声だった。

「ほんと――螢だ」

タヅにつきあって、和広は子供っぽい声を出した。


駅前まで来ると、タヅは晩御飯の用意がしてないから食堂で何か食べていこうと言いだした。一緒に暮し始めて初めてのことである。タヅは一緒に出かける時でも「落ち着かないんだよ」と絶対に外で食べようとしなかったし、和広が仕事の付き合いで外食してくると余りいい顔をしなかった。

この周辺では垢《あか》ぬけしたレストランである。注文したコロッケを「何だか牛乳臭いねえ」とほとんど手もつけず、和広の皿《さら》に移し、自分は付け合わせの野菜とライスを不器用な手つきで半分だけ食べた。それでも後でとったアイスクリームの方は美味《うま》そうに食べ、

「この頃の若い女は皆綺麗《きれい》だねえ」

駅の改札口から出てくる人の流れに目をとめた。そして、

「和さんの再婚の相手、私が見つけてやるよ」

何気なく言った。

やはり浅子とは喧嘩をしてきたらしい。

和広が何か答えるのを封じるように、

「あの人なんかどう？　白い傘《かさ》の」

信号が変わるのを待っている女子大生らしい娘を指さした。

「若すぎるよ」

「そうかねえ……じゃあ、あれは？」

長い髪を揺らしてOL風が、傘をもたずに小走りに横断歩道を渡ってくる。

「いいけど、ちょっと冷たそうだよ」

「ほんと、生まれてから一度も笑ったことがないって顔だ」

「あ、俺、あれがいい」

「花柄のスカート？　美人だけどねえ……」

「綺麗なこと鼻にかけてるな、駄目《だめ》だ。本抱えてる方は？」

「ああ、あれはいい。あれは安産型だ」

「ちょっと太すぎるよ。食べてはごろっと横になってるんだ。後ろの黒い服の娘《こ》の方がいいな」

「ああいうの後家相っていうんだよ。和さん、早く死んじゃう。ああ、あの桃色のシャツは？　綺麗だし優しそうだ」

「もう恋人いるよ」

ピンクのシャツを着た娘は渡りかけて隣の若者に手を回した。信号が変わるたびに横断歩道を流れてくる女たちの顔は、細い雨と傘の影とで一寸《ちょっと》見には美しく見えるが、よく見るとどこかに難がある。

「なかなかいないもんだねえ。ああ、あれは？　黄色い傘に白いブラウスの娘——」

「傘で見えないよ」

言ったところで信号が青に変わり、横断歩道を渡りだした娘は傘をあげた。

浅子だった。浅子はゆっくりとこの店の方へ歩いてくる。

「あれがいい、気は強そうだけど、芯《しん》は優しいね、あれが絶対だ——あれに決めなよ」

「義母《かあ》さん……」

驚いている暇もなく、タヅは立ちあがり、

「仕方ないから私の方で頭さげた。私が頭さげるなんてこれが一生に一度っきりだがね。和さんとも最後」言いかけて、慌ててその言葉を呑《の》みこむと「私だっていい所見せたいからさ

——私は歩いて帰るから二人で車でどっか行っといで。ちょっとは機嫌とってやらないと駄目だよ」

ガラス扉から入り、近寄ってきた浅子から傘を借りると、「今日のあんた、本当、文子に似てるねえ」ハハハと楽しそうに笑って出ていった。浅子がタヅのかわりに座った。

「ここへ来いって言われたの？」

「七時半に、ここで和広さんが待ってるって」

言って、和広が考えこんでいる目を怒っているとでも誤解したらしい。

「私の方で謝まるつもりだったのよ。でもお婆ちゃんが先に頭さげちゃったから」

「何て言った？　義母さん」

「和さんはあんたに惚《ほ》れてるから文子のかわりをつとめて幸せになってほしいって……」

浅子は言い難《にく》そうに上目づかいになった。

和広は立ちあがり、「一緒にアパートへ戻《もど》ってくれないか」と言った。外へ出て見回したがタヅの黄色い傘はもう見当たらなかった。先刻「和さんとも最後」口を滑らせかけたタヅの言葉が気にかかっていた。

車でアパートに戻り、部屋に入るといつもより部屋の中は片付いていた。卓袱台に広告の裏を使った置手紙があった。たどたどしい鉛筆の字で「長々とお世話でした。靖代の所へもどります。電話はしないで下さい。文子の位ハイはもらっていきます」と書かれている。

位牌《いはい》だけでなく仏壇には文子の写真もなかった。詰《なじ》るような目で問いかけた和広に浅子は首をふり、

「出てくなんて言わなかったわよ。ただ、もうあんたたちの邪魔はしないからとだけ……私はお婆ちゃんとも仲良くさせて下さいって言ったんだから」

ドアにノックがあった。和広が土間に駆けおりると、隣のおばさんが顔を覗かせた。

タヅは今朝、和広が出ていくとすぐ身の周りの物をスーツケースに詰め、隣に鍵《かぎ》を預け大久保の娘の所へ戻るといって出ていったという。荷物は駅のロッカーにでも入れて、昼休みに和広に逢《あ》いに来たのだ。

「でも、本当に娘さんのところへ戻ったのかしら」

隣のおばさんが言うには半月ほど前、どこかの老人ホームの事務員のような人がタヅの留守中にやってきて、タヅとは一年前契約をしたが、その後タヅが事情が変わったから一年だけ待ってくれないかと言ってきた。手付金の百万を貰《もら》ってるので、そろそろ一年が過ぎるからどんな様子かと思い、訪ねてきたのだという。ちょうどそこへタヅが戻ってきて、慌《あわ》ててその男を部屋の中へ引っ張りこんだそうだ。

「さあ、どこのホームかは聞かなかったけど」

大久保へは戻ってはいないはずだ。浅子に頭を下げたのを一生に一度っきりと言っていた。追い出されたも同然の娘のもとへ頭をさげて戻っていく人ではなかった。

「あ、それからこれ。あんたのお父さんの写真じゃない？」

おばさんは一枚の写真を見せた。茶褐色《ちゃかっしょく》に褪《あ》せた写真には、軍帽をかぶった若者の顔があった。写真の下方が焦《こ》げている。今朝タヅが裏の焼却炉で何かを燃やしていた後におばさんが行ってみると、その一枚が焼け残っていたという。

「間違えて燃したんじゃないかと思って」

和広は礼を言ってドアを閉めた。

写真の軍人は眉《まゆ》が濃く切れ長の目で、顎《あご》の線が角ばり、いかにも無骨な印象だった。先週聞いた、南の島で散り、螢《ほたる》の燈明《とうみょう》に送られて昇天した少尉に違いない。

「お父さん？」

覗きこんだ浅子に、和広は「いや」と先週タヅから聞いた話を始めたが、

「その話なら、今日お婆《ばあ》ちゃんから聞いたわ。戦地に旅だつ前にその豊さんとお婆ちゃんと二人に口紅贈った人でしょう？」

「二人？　義母さんの方は口紅じゃなく子供のためのお菓子貰ったんだって」

「でも私、ちゃんと聞いたわよ。二人に一本ずつ真っ赤な口紅くれたって……いい話じゃな

い。私も和広さんに口紅買ってもらおうかな」

　和広は写真から顔をあげた。

「今日貰ったんだろ？　口紅、白い包装紙の」

「誰《だれ》が？」

　浅子は怪訝《けげん》そうな目である。和広が事情を説明すると、

「パチンコ屋の景品ってのは非道《ひど》いわね。でも受けとってない、私」

「だったら忘れたのかな……義母さんに口紅欲しいって言わなかった」

「言わないわよ。友達が化粧品のセールスしてるでしょ。要らないのに沢山買わされるもの」

「けど……」

　浅子はぼんやり、少尉の写真を見ていたが、

「この人、和広さんに似てるね。私もお父さんかと思ったから……目から顎ん所や、真面目《まじめ》で堅物な感じ……」

　確かに言われてみると、自分でもどこか似ている気がする。

　浅子はしばらく見続けてから、「いやだ」小声で叫び、その声を喉《のど》に押しもどすように写真を口にあてた。目だけを覗かせ、和広の顔をじっと見ている。目の色に笑みと戸惑いが混

じりあっていた。

「私……ライヴァルだったんじゃないかな」

ひとり言のように呟《つぶや》いた。口に出す言葉で自分の考えを確かめるようにゆっくりと。

「ライヴァルって？」

「恋敵《こいがたき》。私、死んだ文子さんがそうかと思ってたけど、本当は文子さんのお母さん――あの人の恋敵だったんじゃないかな」

「何のことだよ」

「お婆ちゃん、さっきの隣のおばさんの話じゃ、最初から一年のつもりでここへ来たみたいじゃない。一年経《た》ったら老人ホームへ行くつもりで。お婆ちゃん、今日こう言ったんだ。あんた本当に惚れてるなら一年でも一緒に暮さなきゃ後で後悔するよって。好きな人のためにいろんなことやれるのが一番幸福だって。どうして一年なのかって思ってたけど、あれ、ここで暮した一年のことだったのじゃないかな。お婆ちゃん、アレ、やってたんだ」

「アレ？」

「上手《うま》く言えないけど結婚生活みたいなこと……好きな人のために弁当つくって、下着洗って、いろんな世話焼いて。子供ん時から働いて、結婚してもその日から働いて、子供育てるために働いて、その子供の二人に死なれて、一人に追いだされたなんていいことなんか何もない一生だったって……今日そう言ってたけど、最後にそのいいことやったんじゃないかな。文子さんは美人だけど父親似でしょ？　悪いけどお婆ちゃん——あの人、あの顔だしあんな岩みたいな体だし、男に惚れられるなんてことなかったんだ。でもあの人の方では好きな男もいたのよ。あの人、必死に働きすぎるって和広さん言ってたけど、好きな人のために必死になって、割れるほど擦りきれるほど茶碗《ちゃわん》や下着洗ったんだ。和広さん、あの人の好きな人だったんだ」

　和広は三十四歳もタヅより若かった。孫といってもおかしくない年齢である。そんな若い男にタヅが色恋の感情を持っていたとは思えなかった。いや確かに惚れていた。だがそれは和広をではない。和広がちょっと似ていた男なのだ。タヅが惚れていたのはこの写真の少尉だった。タヅは、義母さんは、あの人は、やっぱり戦中、この少尉さんを好いていたのだろう。夫とはまるで違う優しく無骨なこの人を秘《ひそ》かに思っていたのだ。しかし少尉さんは豊さんを好いていたし豊さんの方も少尉さんを慕っていた。タヅは自分の器量からその片恋を諦《あき》らめて惚れた少尉さんのために縁結びを買って出た。最後の晩、二人のために「いのち短し恋せよ乙女」を歌いながら、本当は誰より自分に向けて大声を張りあげて歌の文句を言い聞かせていたのだろう。

「いのち短し恋せよ乙女、黒髪の色あせぬ間に、心のほのお消えぬ間に」

本当に自分の気持ちを声にできなかったのは少尉さんでも豊でもなく、タヅだったのではないか。

恋敵を肩車にして必死に脚を踏んばっている女の姿を和広は思い浮かべてみた。少尉さんの死を悼《いた》みながら豊と並んで螢の火を点《とも》しているタヅの土焼けた手を思い描いてみた。

和広の生まれるずっと前の話である。あれから四十年近くが過ぎている。たった一年暮しただけの人、それも母親か祖母のようにしか見ていなかった人の気持ちは想像もつかなかったが、四十年近くも経てばそれは遠い昔の小さな思い出としてしか残っていなかったはずだ。しかし苦労して育てた実の娘に追い出され、老人ホームで最後の身を埋《うず》めようとして、タヅはふっとその小さな思い出をふり返ったのだろう。親のために、夫のために、姑《しゅうとめ》のために、子供のために働き続けた一生で思い出と呼べるのはその少尉さんに抱いた淡い恋心しかなかった。浅子が言ったように、タヅは本当に死んだ娘が残していってくれた場所で、やはり死んだ娘の残していってくれたちょっと少尉さんと似た一人の男を借りて、四十年前のその思い出にささやかな彩《いろど》りを与えようとしたのかもしれない。

働きすぎて自分の生涯《しょうがい》を壊してしまった人だと考えていたが、和広の下着をすりきれさせ、床が浮くほど雑巾《ぞうきん》をかけ、この部屋でタヅは昔の夢の破片を小さく掻《か》き集めていたのかもしれない。

タヅは四十年前、自分もまた豊と同じように少尉さんから赤い口紅を貰いたかったのだろう。

今日の午後、タヅはちょっと嘘《うそ》をついて和広に好きな色の口紅を選ばせ自分の手に渡させた。少尉さんから貰えなかった口紅を四十年たって別の男の手を借りてタヅはやっと自分の手に握ったのだろう。もちろん自分の唇《くちびる》に塗りなどしない。この写真のように黄ばみ、褪《あ》せてしまった戦中の思い出に新しい口紅を塗ってみたかっただけだ。そして浅子に、自分も少尉さんから口紅を貰ったと嘘をついた。岩のような体の鎧《よろい》に隠れていたごくあたり前な女の気持ちがたった一度張らせたそれは小さな見栄《みえ》だった。おそらく老人ホームへ行ってもタヅは皆に言うだろう、「少尉さんが私にも口紅を買ってくれた」と。洗剤やインスタントコーヒーの罎《びん》と混ざって置かれた埃《ほこり》くさい景品の口紅を、それでもいかつい手でがっちりと握りしめ、そのホームへとタヅは運んだのだった。

「あの人、死んだ自分の娘のことより和広さんのこと思ってたんだ。本当に大事に思ってたから和広さんの幸福選んだんだ。死んだ文子さんに和広さんを諦らめさせて、私、選んでくれたんだ」

和広は素直にその言葉に肯いた。本当に自分を気にいってくれたのだろう、だから実の娘にもさげられない頭を自分のためにさげてくれたに違いない。そして犠牲だけが一生だった人らしいやり方で、最後にはあっけらかんと笑って去っていった。

和広は押入れの奥から電話帳をひきずりだし、老人施設の頁《ページ》を探した。その手を浅子の手がとめた。

「しばらく放《ほう》っておこうよ」

「けど、俺《おれ》老人ホームなんてのは……」

「ああいう所、和広さんが思ってるような淋《さび》しい場所じゃないよ。それに今すぐ行ったたって絶対戻るって言わないと思う。私、あの人の気持ちわかるから。しばらく待って、私も一緒に探すから。それで戻ってもいいと言うなら、私もそうするように勧める。姑と嫁なんて考えてみたらどこだって他人だし、恋敵みたいなもんだから」

浅子は微笑した。その唇を和広は初めて見つめた。赤い口紅をさしている。タヅに渡した口紅の色と似ていた。明るい微笑がその色をいっそう鮮やかに浮かびあがらせた。

雨が夏の夜を叩《たた》き続け、蒸し暑さに電燈の燈《ひ》までが汗をかいたように濡《ぬ》れて見えた。

あの車を塗装に出そう、そして真っ赤に塗り直した車で、浅子と二人、タヅに逢《あ》いにいこう、和広はそう思った。

【夢が重荷になったことはありませんか？】

Gさんが出会ったノンフィクション

肉屋の消えない憂鬱《ゆううつ》

――『カンプノウの灯火　メッシになれなかった少年たち』より

豊福晋《とよふくしん》

世界で最もファンの多いスポーツは、サッカーだそうです。

そのサッカーで、頂点を極めた選手がいます。

その名はメッシ。彼は、バルセロナの名門サッカーチーム「FCバルセロナ」のカンテラ（下部組織）に、まだ十三歳のときに入団しました。他にもたくさんの少年たちが入団しました。その中にはメッシより才能があると期待された子も。しかし、その多くは、夢をあきらめて去って行くことに……。

メッシのようになりたくて、なれなかった少年たちの、その後を追いかけた、とても貴重なドキュメンタリーです！

豊福晋（とよふく・しん）

1979- 福岡県生まれ。2001年のミラノ留学を経て、翌年からイタリアでライターとしての活動を開始。中村俊輔、中田英寿らを密着取材。スコットランド、スペインと移り住み、現在はバルセロナ在住。イタリア語、スペイン語、英語を中心に、5ヵ国語を駆使し、欧州を回り、サッカーとその周辺を取材する。『Sports Graphic Number』『サッカーダイジェスト』『ワールドサッカーダイジェスト』など多数の媒体に執筆、翻訳。

それは新鮮な血の匂《にお》いだった。

積み重ねられた経験を持つ、腕の確かな職人がいる肉屋だけが醸《かも》し出すことのできるものだ。

小雨がちらつくある日の早朝、人里離れた山奥に佇《たたず》む小さな精肉店の裏口に僕は立っていた。

白い容器いっぱいに、挽《ひ》き肉がこんもりと、赤い小さな山を作っている。表の入り口の上に、年季の入った小さな看板が掲《かか》げられていた。

ビラ精肉店。

メッシとディオンとともにバルサのユニフォームを着てプレーした少年のひとり、フェラン・ビラはここで働いている。

過去資料から見つけ出した二〇〇〇－二〇〇一シーズンの得点ランクを見ると、上から三番目に彼の名前があった。

一位はもちろんディオン、二位はその彼も絶賛していたバディ・ロペス、そしてフェランである。

ディオンやメッシほどではないにしても、彼も将来有望とされた若手だったはずだ。ディオンは言った。

「いいやつだったよ。まあ正直、少しひ弱そうに見えたけどな。どちらかというと静かで。どこか悲しげな横顔だった」

＊　＊　＊　＊　＊

バルセロナからこの村へたどり着くまでに二時間を要した。

列車は中心部カタルーニャ広場から出ている。この広場は年中観光客が絶えない、街の中心だ。

百貨店コルテ・イングレスの前では紙袋をいくつも持たされた哀れなロシア人の男が、呆《ぼう》然《ぜん》とした表情で夫人の買い物が終わるのを待っている。

中国人観光客の団体が大声で何かを叫んでいた。喧嘩《けんか》でもしているのかと思ったら、全員が笑顔だ。なぜあんなに大きな声で話すのだろう。朝食で出たクロワッサンの食べ方について議論していたのかもしれない。

海外からの観光客の消費が、バルセロナの経済を支えている。

大事な客をキープするために、街は魅力を世界にアピールし続けなければならない。サグラダ・ファミリアやカサ・ミラ、カサ・バトリョを創《つく》りあげた建築家アントニ・ガウディの作品群と並び、この街が持つ強力なコンテンツが、バルサである。

コンサルティング会社デロイトの二〇一四年の算出によると、バルサがバルセロナの街にもたらす経済効果は年間七億五九〇〇万ユーロ（約九一〇億円）に及ぶという。これはバルセロナの年間総生産の一、二％に価する。

「バルセロナを訪れる観光客の六％がＦＣバルセロナ目的です。ＦＣバルセロナは街に富をもたらし、地域経済を活性化する原動力になっています」とデロイトのアナ・アンドゥエサ女史は語る。

経済的な観点から見ても、バルサは都市バルセロナにとって欠くことのできない大事な稼《かせ》ぎ頭だ。

バルサを見るために街を訪れる観光客たちは、宿泊施設に泊まり、飲食で消費し、タクシーに乗り、衣料品や革製品、チーズ、ハム、チョコレート、ワインなどを土産《みやげ》として購入し、多額のお金を落としていく。

誰《だれ》も、メッシのユニフォームを着てビールを手に馬鹿《ばか》騒ぎするアメリカ人観光客や、バルサ・ショップにバスごと押し寄せる中国人団体をあざ笑うことはできない。

「観光客の増加には反対です」と顔をしかめるカタルーニャ人は多い。

しかしバルセロナの経済が国内消費だけで回らないことは、誰だってわかっている。アラブ人やロシア人、中国人がいないといちばん困るのは、ぶつぶつ文句を言っている地元民なのだ。

それでもカタルーニャ人は、古き良き時代に想いを馳《は》せる。

昔はよかった、とぼやいていた紀元前のローマ人みたいに。


北へ向かった列車は、やがて小さな無人駅で止まった。

ディオンが住んでいるトッレ・パチェコの駅をナイフで四分割したくらいの駅舎がある。壁にはスプレーで「カタルーニャ独立」と書かれてあった。

バスに乗り、ぐねぐねとくねった山道を登っていくと、サン・エステベ・デ・パラウトルデーラという長い名前の村にたどり着く。

村の名を付けた人は、きっと名前だけはインパクトを残したかったのだろう。

南部ムルシアと比べると気温が十度くらい低い。同じスペインとはいえ、地域によって何もかも違う。気候も、食事も、人々の顔も、言語さえも。

「この国には豊かな地域性と文化があります」

スペイン政府観光局の宣伝文句だ。

村には見どころというべきものは何もなさそうだった。

人の姿をほとんど見かけなかったのは、早朝だからだろうか。

山間部の澄《す》み切った空気と深い緑、時折思い出したように降り出す雨が、静けさを際立たせる。


ビラ精肉店の看板を見ていると、ひとりの青年がやってきた。

「こんにちは。私がビラです。どうぞよろしくお願いします。お話できるなんて、光栄なことです」

フェランは物腰が低く、とても礼儀正しい青年だった。

セピア色の写真の中にいた、何かに怯《おび》えたような幼い彼を、そのまま大きくした感じだ。

透き通るような金色の髪《かみ》と薄い青の瞳は、南欧人というよりは北欧人のそれに近い。スペインでも、ときおりこのような北欧風の人に出会うことがある。ビラ家の系譜のどこかで、北の遺伝子が混ざったのだろう。

地続きの欧州大陸の長い歴史を感じさせてくれる。

「よくこんな山奥まで。さあ、中へどうぞ」

フェランは精肉店の裏口から、薄暗い廊下を進んでいく。

「バルセロナとは景色も全然違うでしょう？　ここは空気もいいし水もきれいなんです。標高が高いから、都市部と比べるとかなり寒いのが辛《つら》いですけど」

彼はこの日も早朝から店で働いていたという。

起床は朝六時。放し飼いにされた鶏の鳴き声が村に響きわたるころ、彼はすでに身支度を整え、精肉店へと向かう車の中にいる。

「見てのとおり、肉屋は肉体労働です。立ちっぱなしで何時間も肉をさばいたり、売ったりしなければならない。巨大な肉の塊《かたまり》を運ぶこともあります。サッカー選手とは比べ物にならないくらい大変だと思いますよ」

僕が訪れた木曜日は、カタルーニャ州伝統のソーセージ、ブティファラを作る日だった。選ばれた部位の豚肉をミンチし、腸詰用のひき肉を大量に作る。塩と胡椒を混ぜ、手作業でひとつずつ丁寧に詰めていく。

他《ほか》には何も足さない。自然でシンプル。ごまかしはきかない。

「村で評判のブティファラなんです」と彼は誇らしげに言った。

「肉屋は村に二軒しかないので、たくさん作らなきゃならないんですよ」

こんな小さな村に二軒も肉屋があることのほうが僕には驚きだった。

＊　＊　＊　＊　＊

十六年前の夏、フェランはこの村からFCバルセロナの門を叩《たた》いた。

肉屋の前には広場があり、彼は昔からここでボールを蹴《け》っていたという。当時は整備されておらず、ただの原っぱのようなものだった。

村の近くの少年チームでプレーし始めたフェランは、やがてカタルーニャ各地に張《は》りめぐらされたバルサのスカウト網、その端っこに引っかかることになる。

フェランのバルサ入りは彼自身にとって、家族にとって、そして何よりも村にとって、その年いちばんの素晴らしいニュースとなった。

「あのフェラン坊やがバルサへ入った」

バルのおばさんは我が子のことのように喜んだ。

「実は、あいつにサッカーを教えたのは私なんだ」

一度でもフェランとボールを蹴ったことのある人は誰もがそう言った。

フェランはそれまでに有名人を輩出したことのない山間部の村の、ちょっとした有名人になった。

フェランは店内の椅子《いす》に座り、両手を組んだ。

「自分で言うのもなんですが、十三歳のころの私はこのあたりでは評価されていた選手でした。バルサはカタルーニャ中にスカウトを持っています。あの町にいい選手がいる、あの村に天才がいる、そんな噂《うわさ》はそっくりそのままバルサの下部組織の強化部に伝わるんです。私は近くのサンセロニでプレーしていてスカウトに誘われました。〝テストを受けてみないか？〟と言われたときには、嬉しくて声が出ませんでしたね。だって、我が心のクラブでプレーする可能性が出てきたんですから。テストを受け、無事にバルサの下部組織入りが決まりました。それは嬉しかったですよ。経験したことのないくらい気持ちが高まっていくのを感じました。バルサの下部組織で歳を重ねて少しずつ上のチームに昇格していき、いつかはカンプノウのピッチに立って、歓声とフラッシュを浴びてデビューする。子供心に、そんな華《はな》やかな――まあ、今思うとほとんど夢物語ですが――キャリアを描いていました」

フェラン少年はバルサのウイングガー、ルイス・フィーゴに憧《あこが》れていた。そのドリブルにほれこみ、練習で真似《まね》をし（右ウイングのポジションを選んだのはそれが理由だ）、フィーゴの背番号「7」のユニフォームを大事に部屋に飾っていた。

フィーゴがレアル・マドリーに移籍したときは、その他のバルサファンと同様、ひどく腹を立てた。それでも「無料でフィーゴの名前を消します」というバルサ公式ショップの申し出は断った。

「そこまでしなくてもいいかなと。彼もいろいろと考えたのでしょうし」

フェランは優しいのだ。

いつかカンプノウでフィーゴみたいなドリブルをして観客を沸《わ》かせる――。

村にはフェランのドリブルを止められる者はいなかったし、昔からスピードには自信があった。

村を出たばかりの十三歳の小さな心に満ちていたのは、大いなる野望だった。

二〇〇〇年の夏、彼はバルサの下部組織の十三歳のチーム、インファンティルBの一員となる。

いろいろな選手がいた。カタルーニャ中、世界中から精鋭が集まっていた。とても十三歳には見えない、屈強な黒人の少年がいた。

気の強そうなやつばかりだ、とフェランは思った。

そのなかに、あまり目立たず、ほとんど言葉を発さない選手がいた。

はじめて聞く名前だったし、そんな選手のことは知らなかった。

それは少し前にアルゼンチンからやって来たという、ひとりの少年だった。

＊
＊
＊
＊
＊

「レオが来た最初の日のことを覚えています」

白い清潔な作業着をまとったフェランは、記憶を手繰《たぐ》り寄せていく。

薄暗い作業部屋、視線は手元の鶏肉から離れることはない。彼にはまだやることがたくさん残っている。

「八月の暑い日でした。ある日、小さな少年がチームに入ってきたんです。僕も小さかったけれど、彼はもっと痩《や》せ細っていたように思います。みんな思いました。本当にサッカーができるのかなと。監督のチャビ・ジョレンスが言いました。〝今日からきた、リオネル・メッシ君だ。みんな、よろしく〟。それがすべての始まりでした」

ミニゲームが始まると、すぐにフェランは悟《さと》った。

この少年は自分とは次元が違うのだと。

「驚きました。陳腐《ちんぷ》な表現ですが、ボールが足に吸い付くんです。そうとしか言いようがありません。テクニックに関しては、あの年代で彼は飛び抜けていましたね。バルサに集まってくるのは、スペイン中の精鋭たちです。あそこにいるのは自信がある少年ばかりですが、それでもレオのプレーを見て、誰もが息を飲んでいました」

バルセロナは今も昔もサッカー界における強力なブランドである。カタルーニャ、スペイン、欧州、南米、アフリカにアジアから才能の原石がやってくる。もちろん、十三歳の時点での能力は皆世界トップクラスだ。

「もちろん、すごかったのはレオだけじゃありませんでした。ディオンの身体《からだ》は完成されていて、僕とはひと回りもふた回りも違いました。僕と反対サイドのウイングだったアベル・カバルガンテもうまかったですね」

オレンジ色のストーブの火が作業部屋を照らしていた。

フェランは開いた鶏の胸肉に、慣れた手つきでチーズとハムを挟《はさ》み、卵黄につけ、小麦粉をまぶしていった。

終わりなき作業は延々と続く。

手伝いのロシア人女性が、大量の肉を抱え、彼の目の前の台にどすんと置いてさっさと歩いていった。

「あの選手たちのなかでは」

彼は手元の作業を止めることなく言った。鶏肉に話しかけているみたいだった。

「僕はもはや特別な選手ではなかった。並の選手だったんです」


フェランは必死でプレーした。

しかしディオンにはまるで競り勝てず、ぶつかれば二メートルは吹き飛ばされた。メッシのドリブルは真似することすらできなかった。

気の強いウインガー（ウインガーというのはそうあるべきだ）、アベルが「俺《おれ》が一番だ、お前は全然ダメ」と挑発してきたこともあった。そのたびに、彼は気落ちした。性格的に、フェランはおとなしかったのだ。

バルサの下部組織とは超競争社会である。

才能があり、結果を残し、極度の重圧に耐《た》えうる者だけが残り、それ以外は淘汰《とうた》されていく。

そんな競争が、毎年、各カテゴリーで繰り広げられている。まだ幼い、十歳前後からだ。

その厳しい競争に生き残れるのは、気の強いグループ内のリーダーたちか、本当に飛び抜けた才能を持った少年のどちらかだ。

フェランは――残念ながらというべきだろう――そのどちらも持ってはいなかった。

「気落ちして、チーム内でもあまり話さなくなっていったんです。それでも僕の中には、この環境から絶対に逃げ出してはいけない、という思いがありました。心からバルサが好きだったこともあります。でも、もうひとつの理由がありました。それが周囲の大きな期待です。故郷の村の人々は、期待を持って僕のことを見ていました。村の象徴、村からバルサの選手を出す、そんな夢まで抱いている人もいた。失敗することはできない——幼心に、そんな思いがあったんです。やがてそのプレッシャーに耐えられなくなり、試合のたびに、僕は嘔《おう》吐《と》するようになりました」

精神状態は最悪だった。

試合にもそれが影響し、本来はできるはずのプレーができない。周りを見渡すと、ピッチの上で苦しむ自分の横を、チームメイトが気持ちよさそうに駆け抜けていった。

「失敗することへの恐怖。それがどんどん増幅していきました。試合では、他の少年の両親からも声が飛んできます。なぜうちの息子にパスしないんだ！　こんなシュートも決められないからチームは勝てないんだ！　という感じで。十三歳の子供のチームに対してですよ。これは、今も起きていることです。期待はわかります。ハッパをかける、そんな気持ちも理解できなくはない。それでも、過度なプレッシャーは少年にとって最悪の結果しかもたらしません。私はそう確信しています。

結局私がバルサにいたのは、メッシが来た年の一年だけでした。耐えられなかったのです。その後、二〜三年間、私の人生はまったくうまくいきませんでした。チームは変えましたが、サッカーはうまくいかず、それに続くように勉強も進まなくなりました。あれはひどい三年間でしたね。バルサという、巨大すぎる存在が私に与えた試練だったのかもしれません。もちろん、今考えてみれば、とても大きな勉強になりました。バルサは残酷な形で、私に人生というものの厳しさを教えてくれたんです」

ちりん、と扉が開き、八十歳にもなろうという老人がゆっくりとした足取りで店に入ってきた。

皺《しわ》だらけの日焼けした手は、卵がたくさん入った編みカゴを大事そうに抱えている。産みたての新鮮な卵をおろしにきたのだ。

「おはようございます、今日はご機嫌《きげん》いかがです？」とフェランが近づき、抱きかかえた。

老人は、まだ温かそうなその卵を、宝もののように大事にひとつひとつ渡していく。

「それじゃあ、また明日」

フェランはドアをあけ、老人はもときた道へとゆっくり戻《もど》っていった。

「あのおじいさんと私の日課です。彼は卵を拾い、ここに持ってくる。私はそれを受け取り、その分のお金を渡す。その繰り返しです」

なく。

卵は何も言わず、ただ棚《たな》に置かれじっと整列していた。悩みも、重圧も、何も感じることなく。

フェランは店に立たなければならなかったので、表に出て散歩をしてみた。典型的な山あいの村だ。ドライブがてらに通ることがあっても、立ち止まろうという気持ちはあまり起こらないだろう。ガソリンを入れるか、バルのトイレを借りるか、それくらいだ。村をさらに登ると、家畜の屠殺場があるという。フェランの父親は、そこで家畜を締《し》め、仕入れてくる。

かつてフェランがサッカーをしていた広場で少年がボールを蹴っていた。なんてことのない、カタルーニャではどこでも見られる光景だ。

彼もバルサの選手になることを夢見ているのだろうか。

そして、そんな彼に期待する村民は、今もいるのだろうか。

＊　＊　＊　＊

フェランの父親、ラモンは生粋《きっすい》のバルサファンだ。

バルサがはじめてチャンピオンズカップを掲げた一九九二年五月二十日の前日には、妻のマリア・ホセに「とりあえず、あとは頼んだ」と店を任せ、ロンドンはウェンブリーへと向かった。いてもたってもいられなくなったのだ。

「あれは最高の経験でした。はじめて、バルサがチャンピオンズカップを掲げる瞬間を生で見ることができたんですから」

ラモンは二十四年前の思い出を嬉しそうに語る。

腕はしっかりと太く、がっしりとした体つきをしていた。家畜を絞め、肉を切りさばく。肉屋のためのフィジカルだ。

若さがそうさせるのか、どことなく肉屋の白衣が不自然なフェランとは違い、衣装も立ち振る舞いもしっかりと板についている。

信頼があるのだろう。僕が訪れたときから客足はほとんど途切れず、家族三人がてきぱきと肉を売りさばいていた。

丹念に磨かれたガラスケースの奥の壁には、バルサのエンブレムの時計が掛けられていた。愛するクラブに我が息子を入れるのは、さぞかし嬉しかったことだろう。しかし、父の考えは違った。

彼は難しい顔をして首を振った。

「実は私は、息子のバルサ入りに反対していたんです。もちろん、バルサというクラブでプレーできるのは素晴らしいことです。私の息子ですし、誇らしい気持ちもあった。でも、私にはわかっていたんです。息子の性格を知っていますからね。フェランは昔から緊張しやすいタイプでシャイでした。〝君の性格だとバルサは辛いぞ〟と入る前に伝えました。ただ、もちろん十三歳の少年がそれを理解できるわけはありません。入団するまでは世界で一番幸せな十三歳でした」

バルサ入りの話に、息子は狂喜乱舞した。周囲は喝采を浴びせた。

しかしいちばん近くで見ていたラモンにはわかっていたのだ。

息子のバルサ入りは、けっして簡単な道ではないということを。

優しい目をしたラモンは日々二時間近くかけ、フェランをバルサの練習場まで送り続けた。

恥ずかしがり屋のフェランは、父に「車で僕を降ろしたら、絶対に見ないですぐに帰って！」と要求した。

もちろん、ラモンは陰に隠れて息子のプレーをしっかりと覗《のぞ》いていた。

「フェランはおとなしい子でした。メッシと同じですね。しかし、もちろん息子にはメッシほどの才能はありません。村では一番でしたが、バルサのなかではいたって普通の存在です。どんなチームにも必ずリーダーというものがいます。フェランはそのなかに溶け込めなかった」

たった一年でバルサを辞めたのにはもうひとつの理由があった。

母親のマリア・ホセと話をしていたとき、彼女は「フェランがあなたに言ったかどうかはわからないけれど」と、少しだけ言いにくそうに、あることを教えてくれた。

「あの子は、バルサで鬱病《うつ》にかかったんです」

＊　＊　＊　＊　＊

サッカーと鬱については、各国でさまざまな研究が行われている。

スポーツは健全な精神を育成し、悩みや鬱を解消する――。

おそらくはほとんどの人が持つそんなイメージは、必ずしも正しいとは言えない。

特にカテゴリーやレベルが上がるほど、アスリートが精神的問題を抱える傾向は強くなるのである。

最も信憑性《しんぴょうせい》が高い最近の研究例は、ＦＩＦｐｒｏ（国際プロサッカー選手連盟）のものだ。

二〇一五年十月に発表された、ＦＩＦｐｒｏのヴァンサン・グーテバージュ（彼も元プロサッカー選手だった）率いるチームの調査では、「プロのサッカー選手は一般人よりも鬱にかかる確率が高い」という結果が出た。

現役選手と引退選手を含め、三分の一が鬱、あるいはそれに準ずる精神疾患にかかっているという。

スペイン、日本を含む世界中の現役、引退選手総勢八二六人に行ったこの調査によると、現役選手の三十八％が、引退した選手の三十五％が精神的問題を抱えている。

一般人で何らかの精神的問題を抱える人は約十三％と言われており、割合はサッカー選手のほうが大きく上回っているのだ。

健全な肉体と人格形成のためにスポーツを、というのは日本や欧州でも当たり前のように言われていることである。

しかしＦＩＦｐｒｏによるこの調査は、そんな昔からの常識に疑問を投げかけている。

好きなことをし、健康な肉体を持つアスリートには悩みなどないと思われがちだ。

実際、奇抜《きばつ》な髪型のポール・ポグバが悩みを抱えているとはあまり思えないし、不眠症のズラタン・イブラヒモビッチも想像できない。

しかし、実態は違う。むしろ彼らのほうが悩みは多いのである。

特に過度な競争が待ち受けているバルセロナのようなトップレベルのクラブでは、メンタルケアは必須《ひっす》だ。

しかし多くのクラブの下部組織において、その体制は整っていない。

スペイン・スポーツ文化庁でスポーツ心理学が専門のパブロ・デル・リオ医師は語る。

「下部組織における、少年のメンタル面での対策はまだまだ十分ではありません。現場の監督たちは精神科医の重要性を理解していないのです。特に、選手がサッカーをやめるときには鬱や精神不安定などの症状を引き起こすケースが多い。彼らは、それまではサッカーという目標、その夢ひとつで生きてきたわけです。それを失ったときに、人間はどうなるか。下部組織の少年たちは年齢的にも非常に若く未熟なので、彼らが感じる重圧というものは凄まじい。本来であればしっかりとした対策がなされていないといけないのです」

ＦＩＦｐｒｏが調査した現役選手は、不眠症（二十三％）、情緒不安定（十五％）、アルコール依存（九％）、喫煙（四％）など、想像以上の問題を抱えていた。

ケルン体育大学の研究グループのデータ（二〇〇九年）では、鬱病を患《わずら》うスポーツ選手の数（七十三人）は、十年前と比べ約九倍になっているという。

現代サッカーでは、どの年代においても精神的な重圧は増え続けている。

ポグバが枕を涙で濡《ぬ》らすことも、十分に考えられるのだ。

＊　＊　＊　＊　＊

フェランの母親、マリア・ホセは言った。

「あの子がバルサに入ってから、試合の前に吐いたり、不安になったり、突然泣き出したりと、精神面で不安定になって……。ちょっとこれは、ってことで、私たちはいろんな人に相談して、精神科に通うようになった。フェランにとってバルサは喜びであり、同時に重圧だったの。心配したわ。だって息子でしょう。サッカーを好きでやっているのに、なぜ苦しむのかって。やめることを勧めたこともあった。でも彼は言った。〝サッカーはやめない〟って。だから、しばらく精神科の先生のところに行きながらボールを蹴っていたわ」

バルサから精神科へ。

モンセイの山を越えたところにあるビックの町まで出かけ、フェランはフリオ医師の元に通った。

フェランに鬱の話を聞きたいというと、彼は店の隣にあるバルに行こうと誘ってきた。

僕らはミルクがたっぷり入った温かいコーヒーを注文した。

「鬱に関していえば」

フェランは不自然なくらいにこやかだった。話が重くなりすぎないように気を使ってくれたのかもしれない。

「私の場合は幸いにも、そこまで重度ではなかったんです。軽度でした。それに家族のサポートもありました。一年間、精神科に通いつづけたあの日々のことは、よく覚えています。〝バルサと精神科〟なんて、なんだか結びつきそうにないふたつの言葉ですよね。でも、メンタルに問題を抱えている選手は、今のバルサにもきっといます。それはまちがいありません。

私はひどく思いつめていました。周囲では、期待が、自分の想像が及ばないようなところまで膨《ふく》らんでいました。田舎ではいちばんだった子が、突然世界最高の下部組織で、選りすぐりの選手のなかでポジションを勝ち取らなければならない。隣にはメッシがいる。簡単な重圧ではありません。多くの人がこの種の問題に悩んでいます。私は、運良く乗り越えることができましたが」

平日の午前、さまざまな人がバルを訪れ、朝のコーヒーを飲み、焼きたてのパンをかじり、新聞を読んだり、顔なじみと話をしている。

バルはスペインでは飲み物や軽食をとる場所というだけでなく、社交場という役割も持っている。

誰もがフェランに声をかけていく。小さな村では全員が顔見知りか親戚のようなものだ。十六年前のように、バルサについて聞く人は誰もいない。

早くトップチームに上がってくれよ、とハッパをかけられることも、有名選手のサインをせがまれることも、バルサの試合のチケットを頼まれることもない。

現在の二十八歳のフェランとは違い、少年時代のフェランはけっして幸せではなかった。

皮肉なことに、世界一好きな、憧《あこが》れのクラブに入ったことで。

「エンケのことを覚えているかい？」

フェランは窓の外を見たまま聞いてきた。

静かな雨音みたいな声だった。

「もちろん」と僕は言った。

忘れられるわけがない。

＊　＊　＊　＊　＊

フェランがバルサを辞めた一年後、あるドイツ人ゴールキーパーがトップチームの門を叩いた。

名前はロベルト・エンケ。

将来有望とされたゴールキーパーだったけれど、彼は期待されたほどの活躍を見せることはできなかった。

当時のファン・ハール監督は彼をビクトル・バルデス、ボナーノの次に位置づけ、起用したのは重要度の低い試合だけだった。

それは国王杯でのことだった。

相手は三部リーグに所属するノベルダだ。明らかな格下との対戦に、ファンも、メディアも、おそらくはファン・ハール監督も心のどこかで、バルサが問題なく勝つと確信していた。

しかし試合勘もなく、心身の準備も整っていなかったエンケは、この試合で先発するも、簡単なミスを犯してしまい三失点を喫《きっ》する。

バルサは敗《やぶ》れた。

批判は、無口なゴールキーパーに浴びせられた。

翌日の記者会見で、チームメイトのオランダ人（ドイツとオランダが絡むとき、そこには問題しか起きない）、フランク・デブールはエンケのプレーを激しく批判した。メディアも、ファンも、エンケについて何か語るときには「ああ、あの簡単なボールも取れないGKか」と笑った。

おとなしく、心のやさしかったエンケは、デブールの辛辣《しんらつ》な批判にも応えず、ただ静かにやり過ごした。チームメイトのスウェーデン人ディフェンダー、パトリック・アンデションが彼のかわりにデブールに怒ったくらいだった。

エンケは友人と言える存在が、バルサの中にひとりもいなかった。

ＧＫコーチのフランス・ホエク（またしてもオランダ人だ）は、オランダの名ＧＫファンデルサールとたびたび比較した。

「あのボールはファンデルサールだったら取っていたぞ！」

「ファンデルサールみたいなキックをするんだ」

そんな怒号はエンケにとっては発奮《はっぷん》材料にはならず、重圧でしかなかった。

けっして外には見せなかったけれど、エンケの心に小さな闇《やみ》が生まれたのはそのころだった。

彼は深い暗闇の底に静かに、ひとりきりで降りていった。試合でプレーすることに恐怖を覚えるようになったのもその時期だ。

エンケがバルサにいたのは、フェランと同じように一年間だけだ。

その後トルコのフェネルバフチェ、スペインのテネリフェ、そしてドイツのハノーファーへと移籍する。

バルサでは失敗に終わったものの、キャリアは順調だった。ブンデスリーガの年間最優秀ＧＫにも選出され、二〇一〇年南アフリカワールドカップでは、彼がドイツ代表の正ＧＫになるとみられていた。

しかし彼が南アフリカへ行くことはなかった。

二〇〇九年十一月十日、エンケは踏切で快速列車に飛び込み自殺する。

彼は鬱病だった。

妻のテレサに「もし君が三十分でも僕の頭を持ったとしたら、なぜこんなにおかしくなるのかがわかるだろう」と話したこともあったという。しかし真面目《まじめ》で責任感の強かったエンケは、周囲に鬱を隠し続けた。

テレサ夫人はエンケが自殺した翌日、会見を開きバルサ時代に鬱が始まったことを告白している。

なぜ、誰もが憧れるクラブにいる選手が鬱を抱えるのか——。

バルサは人々の心に喜びをもたらしもすれば、奪いもする。光と闇を併せ持つ、まさにひとつのサッカークラブ以上の存在であるということを、世界はエンケの死で知ることになった。

エンケの友人だったドイツ人作家ロナルド・レングが書いたノンフィクション『A life too short（短すぎた人生）』（邦訳『うつ病とサッカー 元ドイツ代表GKロベルト・エンケの隠された闘いの記録』木村浩嗣訳／ソル・メディア刊）の中で、筆者は疑問と悲しみ、彼への尊敬があふれた素晴らしい筆致でこうつづっている。

〝あの十一月の火曜日の朝、エンケは額にキスをして妻テレサと別れた。午前中に個人トレーナーと、午後にチームのキーパーコーチとの練習があるから十八時ごろには戻ると彼は言った。しかし、彼が戻ってくることはなかった。それから線路に足を踏み入れるまで、車を走らせていた八時間の間にいったい何が彼の頭をよぎったのだろう。

彼ほどの人間に、死こそが答えだという、まちがった判断をさせるほどの力を、鬱というこの病気は持っているのだろうか。彼のように思いやりのある人間に、自分の死が身近な人にどれだけの痛みを与えるか、その判断をできなくさせた心の闇とは、いったいどんなものなのだろう？　鬱とともに生きるというのは、いったいどんなものだろう？

その答えは、エンケ自身が見つけ出そうとしていた。

この本はエンケが書きたかったのだ。私ではなく〟

エンケの悲報を聞いたのは、僕がバルセロナに住み始めて三ヵ月目のことだった。

普段は底抜けに明るいバルセロナの街が、悲しげな空気に包《つつ》まれたことを覚えている。

＊　＊　＊　＊　＊

降り続く雨は通りを濡らし、川へ続き、山を下《くだ》り、バルセロナのほうへ流れていく。

フェランには、悩み抜いたエンケの気持ちがわかる。

「彼が自殺した話を聞いて思ったんです。そういうこともあるだろうなと。彼だけじゃない。他にも多くの人が悩んでいます。それはバルサの、サッカー界の暗い部分なのです」

バルサのユニフォームを着て、消えない憂鬱と戦ったフェラン。彼は立ち直ることができた。

しかしできない選手もいる。

才能はあったけれど、自らの内面との戦いに勝てなかったエンケのように。

「レオだって、同じ問題を抱えているんです」とフェランは言った。

「ピッチの上でレオが嘔吐しているシーンが、よくテレビカメラに抜かれますよね？　体調が悪い、消化器系に問題がある、なんて言われています。しかしあれは重圧からくる精神的なものです。私自身、実際にバルサ時代にピッチ上で同じ体験をしましたし、彼のことも見ているから手に取るようにわかります。あれは極度の緊張や不安がもたらす、一〇〇％精神的なものです。誰もが、メッシくらいの存在になれば緊張なんかしない、なんて思っていますが、全然そんなことはないんです」

メッシは嘔吐の問題が続いてからというもの、さまざまなセラピーや治療を受けている。現在は食事療法の名医の診断を受けるために北イタリアにまで定期的に通うほどだ。世界最高の選手ですら、心身両面でのケアは必須《ひっす》なのである。

フェランは自らバルサで体験したことを伝えるのが自分に課された使命だと感じている。

彼は今、下部でプレーする傍《かたわ》らで、少年の指導もしている。

「バルサでの経験を糧《かて》に、肝に銘《めい》じていることがあるんです。それは、失敗しても絶対に怒らず、とにかく楽しくプレーさせてあげるということです。そして彼らに伝えたいのは、サッカーがすべてじゃないということ。誰もがメッシになれるわけじゃないってことなんです。夢を見るのはいいことですが、人はどこかで現実と向き合わなければならない。大事なのは、そのときに現実を受け入れられる人間になっていることです」

フェランの現実は、今のところサン・エステベ・デ・パラウトルデーラにある。

今年で二十八歳になる。結婚を考えているガールフレンドとはすでに一緒に住んでいる。そろそろ将来を決める時期だという思いもある。

彼が本当にやりたいのは、肉屋ではない。夢はスポーツ科学センターでの専門職だ。プレーと指導の合間にバルセロナの大学に通いつめ、そのための学位も取った。

「この肉屋の仕事というのは、もちろんバルサでプレーしてたあのころに描いたものではありませんでした。あのころはカンプノウのピッチに立って、大勢の声援を背中で受けて、大好きなフィーゴみたいにキレのあるドリブルをする、そんなことを夢見てました。でもそっちの夢は、レオに託《たく》します。彼は世界一の選手です。たぶん、歴史でも一番の選手でしょう。レオがバルサのユニフォームを着てプレーしているのを見るとき、誇りに思うんです。〝僕はこの選手と一緒にプレーしたんだ〟と」

店の奥にある控え室には、その日の『ムンド・デポルティボ』紙が置いてあった。一面にはスアレスとメッシが抱き合う写真とともに、〝Festival〟（祭り）の文字があった。僕はメッシが活躍するたびに何らかの言葉を編み出さなければならない、新聞社のデスクのことを思った。

バルサとはまさに祭りのようなものだ。

その華やかな舞台に誰もが憧れ、人は集まってくる。

しかし、祭りとは、それがどんな規模であろうと、永遠には続くことはない。フェランはたった一年で去った。メッシもそうだ。二十九歳のメッシにも、いつかバルサという祭りの舞台を去るときがくる。

息子の今後について、父ラモンはこんなことを話してくれた。

「人にはいろんな生き方があるんです。メッシは成功した。でもその他の多くは、その道では食べていけない。それでも人生は続きます。フェランがバルサを辞めると決断したあのときからも、彼の人生はしっかりと続いているように。個人的には、この肉屋の仕事は彼には継いでもらいたくはないです。私の世代で終わりにしたい。名残惜しくはありますよ。でもフェランは、彼の人生を、自分がやりたいことをして生きるべきです」

山を降りるバスの時間が迫っていた。

帰り際、ちょっと待ってくれ、とラモンは言って、戸棚の奥から名刺サイズの一枚のカードを取り出してきた。

それは二〇〇〇年のインファンティルBのチーム写真だった。

集合写真の右隅には、膝《ひざ》に手をつけた十三歳の息子が写っている。

色も褪《あ》せておらず、保存状態はいい。きっと大事にとっておいたのだろう。

父親にとっても、息子がバルサで過ごした一年間は、忘れられないものとして記憶のなかに刻み込まれているのだ。

僕は最後に彼らの自慢の肉を購入した。

薄暗い通路の奥でフェランがせっせと作っていた、鶏の胸肉のハム・チーズ挟み。

母マリア・ホセのスープ用肉団子。

父ラモン特製のソーセージ。

肉がたくさん詰められたビニール袋は、収穫期の芋袋みたいにずっしりと重かった。慎ましい家庭なら一週間は持ちそうな量だった。アルゼンチン人であれば、一日で食べきってしまうかもしれないけれど。

バス停までフェランが見送りに来てくれた。

「今日はありがとうございました。私も、あのころのことを話せてよかった。みんなに会うことがあれば伝えてください。私は元気にやってますと」

もう昔の自分じゃない。

そう伝えてくれと言っているように、僕には聞こえた。


列車がバルセロナに着くころには、雨もあがっていた。

カタルーニャ広場は、いつにも増して都会の匂いがした。

そこには賑やかな喧騒がある。生々しい血の匂いも、山奥の静けさも、儚い雨音も聞こえてこない。

フェランがかつて抱えた悩みも、エンケを遠いところへ連れていった深い闇も、華やかな街にいると現実のこととは思えない。

広場の角にあるアップルストアは、ただそこの空気を吸いたい人で埋まっていた。

その反対側にあるバルサ・ショップは、ユニフォームを買い求める観光客で賑わっている。

彼らが着るユニフォームの背中には、メッシやネイマールの名前がある。

そこにフェランの名前が刻まれることはない。

彼はまだ似合わぬ白衣をまとい、愛すべき地元で日々肉を切る。

老人の温かな卵を受け取り、鶏肉を包み、ささやかな明日を夢見ている。

［別の人生を選んでいた場合の自分が気になりませんか？］

Hさんが出会ったマンガ

パラレル同窓会

藤子・F・不二雄

人生の岐路で、右の道を選ぶか、左の道を選ぶか迷って、左の道を選んだとします。

そうすると、「もし右の道を選んでいたら、どういう人生になっていたんだろう?」と、気になりませんか?

右の道を進んでいる自分を見てみたくなりませんか?

このマンガは、そういう願望を満たしてくれます。

「あのとき、ああせずに、こうしておけば、夢がかなったかもしれないのに!」という後悔のある人は、ぜひ読んでみてください。

私の場合は、かなり気持ちが救われました……。

藤子・F・不二雄(ふじこ・エフ・ふじお)

1933-1996 富山県生まれ。漫画家。小学校の同級生の安孫子素雄(藤子不二雄Ⓐ)とコンビを組み「藤子不二雄」の名で『オバケのQ太郎』など数多くの作品を発表。1962年にコンビを解消後は“藤子・F・不二雄”として活動。代表作は『ドラえもん』『パーマン』『キテレツ大百科』など。2011年に「川崎市 藤子・F・不二雄ミュージアム」が開館。2009年から2014年にかけて『藤子・F・不二雄大全集』が刊行された。

パラレル同窓会

わたしは高根《たかね》望彦《もちひこ》。五十三歳、極東物産社長。
まずは、人生ゲームの勝利者といってよかろう。ここに至る道のりはけわしく、長かった。
幸運に救われたこともある。しばしばある。否定しない。しかし、わたしの今日は何度か訪れた人生の転機にあやまたず、正しい決断をもって進んだことによるものだ。
勝者は勝つべくして勝ち、敗者もまたしかり！

望むもののすべては手中におさめた。
うたがいなくわたしは勝利者だ。
しかし、今となって、
フッとなにか……、
満たされぬ思いが……。
もっとなにかが……、
わたしにはもっと多くのなにかが……。
社長、
で、いかがとりはからいましょう。
迷いは消える。
次つぎに持ちこまれる案件を片端から決裁する。
いささかのためらいもなく確信をもって。

ピンポーン
郷咲子《ごうさきこ》という
ご婦人が、ぜひともお目にかかりたいと……。
郷咲子……。
知らんぞ。妙な面会人をいちいち取りつぐな!
旧姓森山といえばおわかりのはずとおっしゃってますが。
…………
通せ。
お久しぶりでございます。
森山咲子……。
わたしをすてた女……。
彼女の選んだ郷という奴は、仕事の上でもライバルだった。

わたしは、十年かかって奴を会社からはじき出してやった。
転職先の小さな会社で、奴は停年目前に失職したという。
なんとかひろってもらえないかというわけだ。
それにしてもこの女、どう見ても四十六歳には見えない。
空想の中でわたしは咲子を思うままにいたぶって楽しんでやった。
考えておきましょう。
よろしくお願いいたします。
十九時十五分、丸角商事社長と会食の予定がございます。
うむ。

帰宅はいつも深夜だ。激務といってよかろう。

だがわたしにはこたえない。モーレツ社員あがりの体力と自信に支えられているからだ。

お帰りあそばせ。

まだおやすみにならないの？

熱いコーヒーをたのむ。

つかの間、
わたしは
小説をかく。
むろん
だれに見せる
つもりもない。
作家に
なることは
少年時代の
ユメだった。
原稿用紙に向かうとき、
わたしは無心となる。
このときの顔が、
本物のわたしの
顔ではないかと
ひそかに思って
いるのだ。
ファ〜ア。

日本郵便
区音羽三
高根望彦
親展
パラレル同窓会のおしらせ
○日時――その時
○場所――その所
万障御繰り合わせの上、ぜひとも
御出席下さるよう願い上げます。
幹　事
パラレル同窓会？
その時その所？
なんだいこりゃ。
ピシ！
……
なにかがはじけた……と思った。
だが、気配はそれきりだった。
そのクラブってのがおもしろいんだ。

SMショーが売り物なんだ。
どうだ、メンバーにならんか。興味あるだろう。
ないこともないが……、
ま、やめとこう。
ぼくの中にサディスティックな気質があることは確かだがね。
一方では、そんな自分を律することに誇りを持って生きてきたんだよ。
ガーッハハハハハ。
カッコつけちゃって、このォ。
自分も行ってたくせに。
ゆうべ、すみっこのボックスで。
ちゃんと見たんだから。
ナニナニなんだって!?

郷咲子さまからお電話です。

望彦さん？ゆうべはどうも。

ゆうべ？なんのこと？

いやあだしらばっくれて。ウフフ……、あなたにあんな趣味があったなんて初めて知ったわ。

なんですって!!じゃ、あなた、あんなハレンチなことしておいて……。

ちょっと！ちょっと待て、わしには覚えがないぞ。

ガチャ
ニヤ
ニヤ
誤解だ!!

けっこうけっこう。

きみも少しはハメを外したほうがいいんだよ。

まっすぐ帰る！
かしこまりました。
あっ、
あ、あなた!!
どうしたんだ、幽霊でも見たような顔して……。
だってだって……。
なにい!!
わしがもう帰ってる!?
ついさっき書斎へ……。

……………。
つまらん冗談はよしなさい!!
お夕食は?
いらん。
コーヒーをくれ。舌の焼けるようなのを。
ミシ…
ピシピシ
なにかの裂ける音だ!!
……………?
どこにも異常はない。

やっと
きみにも
その時が
来たらしいな。
だれだ!!
や、
や……。
なんだ、
ひどく驚く
ところを見ると、
まだ
その時に
なっていな
かったのか。
困るんだよな、
個人差が大きくて。
ぼくなんか
一週間前に
その時を自覚
しちゃって。
おかげでまあ、
幹事なんぞ
やるハメに
なったん
だけど。
きみがあまり
遅いから、
二日も前に
こっちの世界へ
むかえに来て、
ようすを
うかがってたんだ。
ときにはきみの
かわりに……。

きさまか!!

わしのにせ者になりすまして、
SMクラブやら咲子やら………。

まっ、まっ、待ってくれ!

にせ者なんかじゃないっ。

わしだって極東物産社長高根望彦なんだ。

パラレルワールドを知らんのか。

パラレル?………。

ほんとに知らないの? 多元宇宙だよ。つまり、個人の知覚できる宇宙は一つだが、じつはほかにも無数の宇宙があり、目には見えなくても並存しているし、絶えず分裂増殖もしてるんだ。

それは、生物進化の系統図にも似ている。元は一つの単細胞から枝分かれをくりかえし、現在の生物相は千変万化……。

同様に、わしらも
生まれたときの
世界は一つ
だったが、
選択の余地
ある局面ごとに
可能性の数だけ
世界が
枝分かれして……。
なにをいってるのか
さっぱりわからん。
わかるん
だよ!!
その時さえ
来れば。
ピシ!
メリ‥
パキ
パキ
パキ
その時が
来た!
わたしの
潜在的な記憶を
包んでいた
硬い膜が
ひび割れ、
砕け散って……。
一瞬にして
すべてが
明らかになった。
一生に一度、
枝分かれした
すべての自分が
一堂に会する。
それは、パラレル
同窓会なのだ。
会場への道が
目の前に
あった。

わしときみなんかは、最も近い世界に住んでいるようだ。
最近枝分かれしたらしい。
スキャンダルに気をつけたほうがいいぞ。
株主総会で標的にされるから。
こわくはない。あるきっかけでわしはフッ切れたんだ。
その時から世界が分かれたのかな。
会場だ。
もう全員集まっているのかね。
全員とはいかない。すでに亡くなった者や来たがらない者もかなりいる。
いろんなのがいるから驚くなよ。

わしの役はここまでだ。
あとは自由に中へ入って、歓談してくれ。
もしだれかと折り合いがついたら、世界を取りかえてもいいんだ。
選択の失敗を救済するのもこの会の目的だから。
行こう。

やっと来た。
これで、死んだ者と来たがらない者をのぞいて全員集まったわけか。
や、どうも。
ありがとう。
しかし……、
自分ばかり大勢いるってのは異様だね。
同窓会というからには、もっとなにかウキウキしたムードかと思ったのに。
もっとも、わしが何百人集まってもウキウキなどするわけがない。
たがいに妙によそよそしい。
自分は他人の始まりか。

かけてよろしいですか。
どうぞどうぞ。
お見うけしたところ、あなた成功組ですね。
いや……。
どちらへおつとめ？
なに極東物産！わしと同じだ!!
役職は？えっ、社長!?
うーらやましい!!
わ、わしはね、早い話が窓際族なんだ。
同じわしなのに、どこでどうしてくるったのか。
それだけ出世するには、いろいろきたない手を使ったんだろね。
いーや、そうにちがいない!!
さあーおしえろ!!
悪い酒だ。
よせ、みっともない。
きみなんかまだいいほうだよ、わしにくらべりゃ。

わたしも元極東物産の社員だったのです。
森山咲子って女性がいましてね。
うん！うちにもいた。
まったく同じだね。
その娘が、郷という男と婚約したんです。
そ、そうなんだ!!
それできみはどうした!?
強引にかっさらってやりましたよ。
やった!!
わしのやりたかったことだ!!
あとが悪かった。
虚栄心の強い女でね。
それはいいけど、結局郷の奴に会社から追い出される形になって……。
女には気をつけたほうがいい。わしも海外駐在員のときに……。
今でも現地で日本人相手に観光ガイドで食ってるよ。

ポン☆
よお、出世頭。
なあに、運が良かっただけですよ。
運がよかった？
ぬけぬけと「裏切り者」めが!!
裏切り？
わしがなにを裏切った!?
学生運動で活躍したころを忘れたか。
そんなこともあったな……。
青春期のハシカみたいなものさ。
ハシカだと!?
わしはあのころの理想と情熱を、そのまま現在まで燃やしつづけている。
今じゃ、ベイルートでかくれもないテロリストのリーダーだ。
そのうち極東物産ビルに爆弾をしかけてやるぞ!!

グスン……。
ガバ
ガバ
グスン。
グスン。
ガバ
ガバ
あんた、そんな飲みかたは体に悪いよ。
飲まずにいられるか!!
それとも……、あんた、世界を取りかえてくれるか。
ようし、腕ずくでも取りかえさせてやる。

グイ
あの男、ぼくら高根望彦の面汚しですよ。

死刑囚なんだ。

ええっ、なにをやったんです。

サド趣味が高じて、殺人鬼になっちゃった。

しかし……、それは同時に、ぼくらにも殺人鬼になる素質があるということにもなりますな。

そういえば確かに……。

ごらんなさい。

生まれたときは一人の人間が、その後の運命のいたずらで、あんなにも多様な人生をたどるのです。

おっしゃるとおりです、まったくです。

ところであなたは？
ぼく？
いちおう作家です。
作家!?
いやぁ、作家といっても、今どきはやらない無頼派で……。
原稿は売れず、肉体労働で食ってるようなわけでね。
すばらしい!!
話を聞くほどわたしは、彼の生活がうらやましくてたまらなくなった。
常日ごろ感じていた満たされぬ思いは、彼の世界で充足されるに違いないと信じた。
わたしはしぶる彼を説きふせて、世界の交換を承知させた。

高根望彦のみなさん、そろそろお別れの時間になりました。
それぞれの道をお帰りください。
すべてを忘れて日常の世界にもどるのです。
きみ、
起きなさい。
かぜひくよ。
自分が自分でないような気がする。
なにか満たされぬものが……。
そうだ、満たされていないのは胃袋だ。
明日の飯をどうしよう。

［夢をあきらめたからこそ得《え》たものがありますか？］

Iさんが出会った韓国文学

アジの味

クォン・ヨソン

［斎《さい》藤《とう》真《ま》理《り》子《こ》　初訳］

「夢をあきらめる」ということは、「思い描いていた未来を失う」ということでもあります。

それだけでなく、別の人生を歩まざるを得なくなることで、自分自身まで変わってしまうことがあります。「昔の自分」も失うのです。

しかし、失う一方なのでしょうか？

何かを得るということはないでしょうか？

この物語には、突然の出来事で、これからの夢とこれまでの自分を失った人が出てきます。彼の語る現在とは？

クォン・ヨソン（權汝宣）

1965-　ソウル大学国語国文学科修士課程修了。1996年、長編小説『青い隙間』で想像文学賞を受賞しデビュー。呉永壽文学賞、李箱文学賞、韓国日報文学賞、東里文学賞、東仁文学賞、李孝石文学賞などを受賞。短編集に『ショウジョウバカマ』『私の庭の赤い実』『ピンクリボンの時代』『カヤの森』など、長編小説に『レガート』『土偶の家』など。2018年に初めての邦訳書、短編集『春の宵』（橋本智保・訳　書肆侃侃房）が出た。

一言《ひとこと》もものを言いたくないときが、たまにある。特定の誰《だれ》かとではなく、誰とも、何も話したくないとき。「うん」さえ言いたくないとき。そんなとき私は財布《さいふ》と携帯を入れた小さなポーチを持って、できるだけ早くその場、その状況から抜け出す。付箋《ふせん》とペンも用意する。コーヒーなどを注文するとき、しゃべらなくてもいいように。

そんなふうに無言の時間に入るためのしたくをしていると、必ず、彼といっしょに食べたアジの味を思い出す。私はびっくりした顔で彼をじっと見つめ、彼は唇《くちびる》の両端を横に長く伸ばして微笑んでいた。あのときはわかっていなかったけれど、あれこそ私たちが初めて交わしたほんとうの会話だったのだと、今の私は知っている。

俺《おれ》が変わったとしたら、と言ってしばらくためらった後、たぶんしゃべれなくなったときからだろうなと彼は言った。私は驚いて体から力が抜けてしまった。

「しゃべれなくなった？　それ、何かの冗談なの？」

食事を注文して戻《もど》ってきた彼に、ちょっと変わったみたいだねと言ったのがまずかった。

離婚して三年ぐらい会っておらず、久しぶりだったのだから、変わったように思えても当然だったのに。

その日私は午前中に取材を一つ終え、会社に戻る前にお昼をすませようと、食堂の看板を見ながらゆっくり歩いているところだった。誰かがしきりに私の視界に出たり入ったりしている感じがして、見回してみたら彼だった。彼はなぜか私に気づかないふりをして、私が先に声をかけるのを待つような顔で立っていた。こんな偶然があるだろうかとあたふたする私をよそに、彼はただにっこりして首をちょっとかしげてみせただけ。二人ともお昼はまだで、彼がよく知っている食堂がそばにあるというのでついていった、その道すがらのことだった。

冗談ではなくて、と言って彼はまた間を置いた。それから言った——おとどし、声帯嚢胞の手術を受けたんだ。

「え？　せい……何て言った……？」

私は驚いて大声を上げそうになり、ようやく抑《おさ》えた。今度こそ大失敗をするところだった。しゃべれなくなったと先に聞いていなかったら、きっと「性器嚢胞」の手術と聞きまちがえたことだろう。

「せいたい、のうほう。そう、そんな手術をしたの。今は大丈夫なの？」

彼がうなずいた。黙ってうなずく彼は、知らない人みたいだった。私たちは長い恋愛の末に結婚し、短い結婚生活の末に離婚したが、私にとって二十代のすべては彼とともにあったといっても過言ではない。なのにたかだか三年会わなかっただけで、この人にこんなに距離を感じるとは。少しとはいえ、ほんとうに彼が変化したからなのだろうか。

「その手術すると、しゃべれなくなるの？」

「しゃべれないんじゃなくて、しゃべっちゃいけないんだ。」

「どれくらい？」

段階があるんだけど、三週間から四週間まではまったくしゃべってはいけない。「うん」という声も出しちゃいけないんだ、と彼は言った。

「『うん』もだめなの？」

「『うん』って一回、言ってみ。」

「うん。」

思ったより声帯が動くだろ、と彼が尋《たず》ねた。そうみたいでもあるし、違うようでもある。

「うん」だけじゃなく、声帯に響くような音は一切出しちゃいけない、手術したところを刺激するとまた嚢胞ができることがあるのだが、自分の場合は特に要注意だったのだと彼は言う。三週間から四週間も「うん」さえ言えない状況とはどんなものか、私には想像できない。まして、一度話しはじめたら止められない、立て板に水の、多弁にして能弁だった以前の彼を思えばなおさらのこと。

「大変だったんだね。そんな手術したなんて、ちっとも知らなかった。」

こう言うとき私はまだ、「性器囊胞」の手術を思い浮かべていた。

「今まで全然会わなかったからね。」

「どこかで耳にしてもよさそうなもんなのに。」

それはないだろうな、と彼が言った。こんな話を誰かにするのは初めてだと。

「え、どうして？」

そうだなあと彼は言い、何かをぐっと嚙《か》みしめるような調子で、とにかく、初めてなんだよと言った。

そのときベルが鳴り、彼は待てという手振りをして立ち上がると「青松」という看板がついた受け渡し台のところに行った。そのときになって私は初めて、広々とした地下のイートインコーナーを見渡した。自動注文システムに注文を入力して待ち、ベルが鳴ったら料理を取りにいくシステムだが、私たち以外のお客さんは高齢の男性たちが三、四組いるだけだ。中には昼間から酒を飲んでいる人たちもいる。解体を間近に控えたテナントビルのように閑散として、イートインコーナーのほとんどは営業しておらず、やっているのは三、四か所だけ。彼と一緒にここへ来たときから思っていたが、ちゃんとしたオフィスビルの下とは思えないような、薄暗く、わびしい空間だ。

彼が料理を載《の》せたトレイを一つ持ってきて私の前に置くと、自分の分をとりに行った。注文は彼に任せたのだが、私は自分の前に置かれた大きな焼き魚を見てあわててしまった。うどんとかトンカツ、ピビンパ、キムチ鍋ぐらいだろうと想像していたのだ。彼が持ってきたトレイにも同じ魚が載っている。

「これ、何？」

「アジ*だよ。」

「アジ？」

韓国語では「チョンゲンイ」とか、「カクジェギ」って言うらしいと彼が説明してくれる。チョンゲンイ？　カクジェギ？　一度も聞いたことがない。**彼が遠慮がちに、君、焼き魚好きだろう、だからこれにしたんだけど、と言った。

「それはそうだけど、どうしてアジ……チョンゲンイ……カク……とにかく、これにした

*ここでは日本語の「アジ」という音をそのまま発音している。

**韓国でアジは、以前は庶民が好んで食べていたが、現在はサバやサンマほど一般的ではなく、知らない人も多い。

の？　サバとかサワラじゃなくて。」

「おばさんが、今日はアジが美味《うま》いよって言ったから。」

「ここ、お得意様なのね？」

彼はうなずいた。そのとき初めて、このうなずく仕草こそ、「うん」も言えなかった三、四週間の時間が彼の体に残した痕跡なのかもしれないと想像がついた。お箸を取ってアジの身をむしると、適当に包丁を入れてから焼いてあるので、つつき回すようなことをしなくても大きめの身がほろりとはずれる。それを食べた私はびっくりして、彼をじっと見つめた。彼もお箸でアジの身をむしり、ごはんの上にのせて食べている。

「あなた、いい暮らしをしてるのねえ。」

彼が口元をほころばせて優しく笑った。

「柔らかくて……美味しいね。」

「君の口に合うと思ったんだ。」

私たちはアジとごはんを食べつづけた。みそ汁とキムチ、トウガラシと小魚の炒めもの、レタスのサラダだけの献立だが、十分だった。ここではお酒も飲めるのかと訊《き》くと、飲めるし、とても安いんだよと彼が言う。それで昼間からおじいさんたちが集まっているのだろう。飲むかいと彼が尋ね、私は飲まないと答え、会社に戻らなくちゃいけないからと説明した。

飲みたかったらお飲みなさいよと彼に言うと、もう昼の酒はやめたんだよという返事だ。

食べ終えてお互いの皿《さら》に残った魚の残骸を見ると、手まで使って食べた私より、お箸だけで食べた彼の方がずっと上手に骨をはずしていることがわかった。彼が食器を返却して戻ってくると、私に何か差し出す。濡《ぬ》れティッシュに包《つつ》んだレモンだった。これを手にこすりつけて拭くと魚臭さが取れるのだという。このときになって、やっぱりこの人は変わったという確信が固まった。私は魚に触った手にレモンを押しつけて拭《ふ》きとった。

何といったらいいのだろう。抑えめというのか、落ち着いているというのか、それでいて豊かな感じというのか。そんな彼はまるで知らない人みたいで、なおさら気になる。おととし受けたという声帯嚢胞の手術は彼にとって何だったのか。「うん」も言えない、短いといえば短く、長いといえば長いその時間をどんなふうに通過したら、こんなにも優しい驚きを私にもたらす人に変身できるのだろう——一度も食べたことのない魚の味みたいな驚きを。

地上に出ると、外は明るく、まぶしかった。九月の、午後二時から三時の間のことだった。一度会社に戻らなくてはならないが、無理に急ぐ必要もない。私は儀礼上、午後は何をするのかと尋ね、彼はしばらく休んでからジムに行くんだと答えた。

「じゃあ、どこかでお茶でも飲もうか？」

彼がいいよと言うので、ちょっと歩きながら店を探すことにする。私たちは路地を抜けて、静かな住宅街を歩いた。カフェに入るまで、ほとんど一言も話さなかった。彼が立ち止まってさっと振り向き、何かに集中している表情を見せたので、どうしたのと尋ねただけだ。彼は笑いながら首を横に振った。音楽が聞こえたか何かしたようだったが、わざわざ説明するほどじゃない、という表情だ。優しいけれど、確固たる壁が感じられる。この人と黙って歩くなんて、生まれて初めてだと思う。そして私たちはカフェの二階の窓際の席に座った。

「ここは私が出すね。」

彼が首を横に振り、何を飲むかと尋ねた。威圧的なところは一つもないのに、彼の言葉には拒否しづらいものがあった。彼の言うことにすなおに従うのが道理だという気がしたが、そんなふうに思うこと自体がまるでなじみのないことなので、めんくらってしまう。以前の私は、彼に対抗するためには力を振り絞らねばならず、いつのまにか疲れてへとへとになり、ときには腹を立てて泣きさえしたものだ。

彼が一階に降りていき、注文した飲みものを持って上ってきた。私は彼に、大学に残っている友人や先輩後輩の消息を尋ねた。学部生のときも院生のときも私はそういう事情に疎くて、何でも彼に訊いていた。彼には知らないことがなく、そのたびすらすら答えてくれたものである。ところが彼は意外にも、首を振って知らないと言うではないか。私の話に関心がないのか、私が名前を挙げた人たちに関心がないのかはわからない。かみあわない会話を中断して、私は単刀直入に訊いた。

「三、四週間が過ぎたらどうなるの？」

彼がもの問いたげな顔をした。

「それまでは『うん』も言えないんだよね？　三、四週間過ぎたら、話してもいいの？」

あ、と言ってから彼は、三、四週間過ぎたら「うん」「いや」ぐらいはいいけど、三、四音節以上はだめなんだと答えた。

「わあ、大変なんだねえ！　それじゃ、いつから話せるの？」

三か月ぐらい経《た》ったら簡単な会話はできるが、六か月から一年までは、声帯に無理がかかる長時間の会話は避けなくてはならないという。

「いったい、いつ正常になるの？」

声帯の状態を見て許容値を決めるんだけど、俺の場合は、と言って彼は言葉を止め、お茶を一口飲んだ。日常的な話はしてもいいが、のどをたくさん使う仕事はよくないって医者に言われたんだ。

「じゃあ、講義は？」

「できないよね。」

「そうか。でも、博士論文は終わったんでしょ？」

彼は首を振った。

「何で？　話せなくても論文を書くのに支障はないでしょう。」

彼は他人ごとを話すみたいに、研究はやめたんだけど、知らなかったかと訊いた。私はえっと驚いてしまった。

「何、研究やめちゃったの？」

彼がふっと笑う。

「冗談でしょ？　じゃあ今、何をしているの？」

「司書になるための勉強中。」

「ししょ、って……図書館の司書のこと？」

彼はうなずいたが、私は呆《あき》れてしまってものが言えなかった。彼が研究をやめて司書になろうとしているのに、それをまるで知らなかったのもびっくりだが、離婚したのだから知らなくて当然なのに、なぜそのことで自分がこんなに驚くのかがいぶかしくもあったのだ。

私が言葉を失ったのとは反対に、こんどは彼がかなり長く話しつづけた。論文を書いている間も、書いてからも、しばらくは非常勤講師として忙しく講義をしなくてはならないが、のどがこうでは無理だなと思っていたという。最近はどの大学の講師も専門担当制になっていて、講義に専念するのでなければ最初から講師になれないシステムだし、もし教授になれても講義をすることは避けられない。研究専門の教授になることも考えてみたけれど、そういうポストはきわめて少ないし、待遇も千差万別だ。しかもそれだって、学生相手の講義をやらなくていいというだけで、シンポジウムや講演会を催す際には、参加交渉や招待の件で教授たちが一日じゅう電話につきっきりなのも見ていたしね、と彼は休み休み言った。

彼の話を聞いているうちに興奮もおさまり、ある程度理解もできたが、研究をやめた彼、大学にいない彼を想像することはまだ難しかった。教授と講師、助教と修士や博士の複雑多岐なネットワークの中心には常に彼がいた。一日でも彼が学校に行かなかったら、学科が回らないという笑い話があるほどだった。

「でも、どうして司書なの？　しゃべらなくていいから？」

比較的ね、と彼は短めに答える。

「私とこんなに話していて大丈夫？」

大丈夫、のどに負担がかかりそうになったら自分で気をつけてやめるからと彼は言う。

「じゃあ、話してちょうだい。」

彼が、何を？　という表情になる。

「手術があなたをどう変化させたかってこと。」

彼が口をつぐんだ。

「聞きたいのよ。」
彼はためらったが、君が聞きたいなら話してみようかと言い、うまく言えるかどうかわからないけど、とつけ加えた。

いざ話そうとすると——と言って彼はまたしばらく間をおいたが、これこそいちばん大きな変化といえそうだった。以前の彼の話には、間というものがなかった。彼の話は不思議な活気と確信に満ちており、彼が話しはじめると誰もが期待をこめて耳を傾ける準備をし、彼もまたそのことを知っていて、楽しんでいた。彼は言葉の強弱とリズムを調節することが上手だった。強い言葉やきつい言葉を使っていても、彼の話はどこか愉快なほら話のようで、座を楽しく盛り上げ、諷刺《ふうし》、批判、もっといえば人格攻撃さえ思いのほか寛大に受け入れさせてしまう魅力があった。彼が徐々《じょじょ》に、わがままな若い王様のような、他者の異議申し立てを受けつけない性格になっていったのはそのせいかもしれない。いや、そんな否定的な面は私たち二人の間で見せていただけかもしれない。実際、他《ほか》の人が彼を独善的だと批判したのを聞いたことはなかったのだから、私だけがそう思っていたのかも。離婚して三年過ぎても、確かにこうだといえることは何もなかった。
いざ話そうとすると……時系列がよくわかんなくて、きちんと順序立てて思い出せないかもしれないと彼は言った。

「雷に打たれたみたいな感じでね。ぴかっ、それから、無言の時間……」

「無言の時間か……無言の行と似てた？」

そうも言えるけど、と彼は手を組んで考えてから、無言の時間っていうと洞窟の中みたいに静かな時間を想像するかもしれないけど、実際には全然そうじゃなかったと言った。

「どういうふうに？」

「洞窟じゃなくて、俺、世間のまっただ中にいたからね。俺が黙ってても、世の中が静かになるわけじゃないから。」

「それはそうね。」

「むしろ、もっとうるさくなったみたいだったよ。俺以外の世間は勝手に騒いでるから。」

あなた一人が騒いでて世間が静かだったときに比べたらね、と内心思ったが、そこに皮肉な気持ちは少しもなかった。追放された若い王様の孤独というか、それに似たものが想像され、さざなみのような同情が湧《わ》いてきた。

「手術した日のことから話すね。」

彼は朝に手術を受けて、遅めの夕方に退院した。病院を出て初めて会った人はタクシーの運転手だった。ドアを開けてタクシーに乗ると運転手がどこへ行くかと尋ね、彼は自分のマンションの住所を書いた紙切れを渡した。運転手は驚いたのだろう。乗っている間ずっと彼のようすをちらちら見ているようだったが、説明する方法がないので黙っていたという。

「そのときはほんとにじれったかったな。今思うと、それほどのことでもないんだけど。」

「どうして？　それはじれったいでしょうに。」

「でもね……そのとき俺がじれったかったのは、ネタバレしてやりたいって気持ちが大きかったからなんだよ。」

「どういうネタバレ？」

「俺はほんとうは無口な人間ではない。」

私は内心笑ってしまった。そう、あなたは無口じゃなかったよね。話の達人だった。

「のどを手術したからしばらくしゃべれないだけだ。そういうネタバレだよ。今考えてみたら、タクシーの運転手にそんなこと教えて何の意味があるって思うけど。」

それでも、と言いかけて私は口をつぐんだ。そうだ、何の意味があるのかと私も思った。どっちにしろしゃべれないのは同じなのに。

「しゃべれないために経験する不便さと、しゃべっちゃいけないための不便さ。」

「それって、違うの？」

「違う。できないのと、禁止されてるのは違うからね。」

しゃべれないための辛《つら》さとは、他者と意思疎通できない辛さだ。会話ができないので誰とも会わないようになるとか、外出するときは常に手帳とペンを首からかけて歩き、必要なときには自分の要求を書いて相手が読めるようにしなくてはならないとか。そうなると、ちょっとしたものを買うにも近所のお店より、できるだけ言葉を使わずにすむ大型スーパーに行くようになるし、外食も、自動注文システムのあるフードコートにばかり行くようになる。それでさっきの食堂に行くようになったんだと彼は言った。

「ああ、アジの？」

それでしょっちゅう行っていたら、店のおばさんがいろいろ話しかけてくるようになった。今日は何が美味いとか、最近はこれが旬だとか、そんな話。彼がしゃべれないという身振りをすると、おばさんは「お気の毒に」という表情を浮かべたという。でもタクシー運転手のときとは違って、妙に気分は悪くなく、じれったい気持ちにもならずにすんだ。それであの店のお得意様になったのだそうだ。

しゃべらないでいるとね、と言って彼はまたしばらく休み、自分の中に何だか妙に鋭い感覚が生まれてきたみたいでさ、と言った。

「望んで手に入れたんじゃなくて、ただ生まれてきたんだよね。例えば、人によって耐《た》えられる感覚とか、敏感さの総量が決まってるとして、ある感覚が抑制されたら他の感覚が鋭くなるっていうような具合にさ。それで、以前だったら似てると思ってたものに無限の違いがあることがわかってきて、それを識別できるようになったんだよね。」

「例《たと》えば？」

「タクシー運転手と食堂のおばさんの違いみたいなことだよ。どっちも同じように哀れんでいる顔なんだけど、違うんだ。」

彼はその後も、自分を哀れんでいる人の表情を細かいスペクトラムに区分することができたという。伝えたいことを紙切れに書いて読んでもらうとき、彼らのまなざしやちょっとした身振りを見るだけで、毒のある哀れみか、そうではないかが自然にわかるようになったと。

「それは、あなたが敏感になりすぎていたからそう感じたんじゃない？」

そう言ってから私は唇を固く結んだ。黙って聞いてあげるべきだったのにという後悔の念が湧いてきた。ところが彼が意外にも、うん、そうかもしれないねと言ったので私は驚いた。こんなにあっさり認めるなんて、虚をつかれてしまう。そうかもしれないって、本心だろうか。ほんとに私の言ったことを認め、受け入れたのだろうか。

私の複雑な思いとは関係なく、彼は、ものを言ってはいけないために味わった不便さはね、と自然に言葉を続ける。

「無意識に言葉みたいなものを出しちゃって声帯に響かないか、注意しなくちゃいけないのがすごく大変だったんだよ。」

寝ていても寝言を言わないように注意しなくちゃいけないし、道を歩いていて人にばったり会っても、「おっ」とか言っちゃいけない。そうなると人の多いところを避けるようになり、酔《よ》っ払って気づかないうちに何か言っちゃうかもと思うと、酒も飲まなくなる。

「ああ、しゃれにならないわね。」

「だけど、人間ってどんなことにも順応していくものだよ。しゃべれないこともしゃべっちゃいけないことも、慣れてしまえばがまんできるから、たいして辛いとは感じなかった。ほんとに辛かったのは……」

「もっとあるの？」

今まで話したこととは比べものにならない、絶対にがまんできないような閉塞感が襲《おそ》いかかってくるんだよ、だんだんと。彼はそう言った。襲いかかってくるという言葉に私は面食らい、自分までつられて胸が苦しくなった。

始まりは雨だったと彼は言う。

彼が手術したのは初夏で、手術の日には雨が降っていたそうだ。タクシーに乗って、窓の外で雨が降っているのを見ながら何も言えないのがたまらなかった、と彼は言った。雨か。

あ、雨だな。そう言えなくてじれったいという感覚。

「そしたらまもなく、長雨の季節に入ってさ。」

初めはちょっとしたもどかしさだったものが、長雨が始まるとともに増水し、急流のように彼を圧倒しはじめた。

「一日じゅう雨が降ってるのを見ながら、『雨だ』って言えないんだから……ほんとに、死ぬかと思ったよ。大げさじゃなく、息苦しくて胸が押しつぶされそうで、これじゃ死んでしまうって思うくらいだったんだ。何度も何度も、どうしたんだよ、こんな雨ぐらいでって、そう思ってみたりしたんだけど。」

やがて彼は、自分が感じているこの絶望的な閉塞感が雨のせいだけではないことがわかってきたそうだ。

「つまり、人間っていうものは……目で見たり耳で聞いたり舌で味わったりして感じるだけじゃ、絶対満足できない存在なんだ。俺は今こう感じてるぞって、俺に伝えられないのが耐えられないんだよ。どんな方法でもいいから自分の感じや考えを自分に伝えたいのに、それができないと、感覚とか思考自体もその場で窒息してしまいそうだったんだ。」

私はしばらくぼんやりしてしまった。今、何の話をしているのだろう？

言葉ってさ、と彼が言った。

「他の人と会話するためのものみたいだけど、根本的には自分との対話のためのものだって気がしたんだよ。つまり今まで俺、ひっきりなしに誰かと話してきたけど、その言葉は実際、俺も聞いてたんだしね。そういう意味で言葉って、純粋に他人だけに向けたものじゃなくて、自分に向かっていくものでもあるんだな。話せなくなったとき、他人に向けた言葉はどうにかあきらめがついても、自分への言葉は絶対にあきらめがつかなかったんだよ。」

自分が感じている感覚が強ければ強いほど、それを自分に伝えたくて、気が変になりそうだったという。

「俺に言いたいのに！　俺に言いたいのに！　って。」

それで思いついたのが手話《しゅわ》だった。

「すぐに検索して、『雨が降る』ってどうするのか調べたんだ。」

彼は黙って水のコップを持ち上げた。私は急に、彼ののどをいたわってあげなくちゃと思いついた。

「ゆっくり、ちょっと休んでから話して。」

彼はうなずいた。そして水を一口飲んでから、両手を胸の高さに上げて垂《た》らし、上下に二回動かした。

「これが、『雨が降る』って言葉なんだ。」

私も彼のまねをして、両手を胸の高さに上げて垂らし、上下に二回、動かした。

「こう?」

「うん。そんなふうに、水を飲まないでやってもいい。」

「え?　水を飲むのも手話に入ってるの?」

「うん。水が落ちるっていう意味だから。」

「じゃあ、水がなかったらどうするの?」

彼が笑った。私に会ってから、彼がこんなに明るく笑うのは初めてだ。

「ばかだなあ!　ほんとに水を飲むんじゃないよ。水を飲む動作をするんだよ。」

「何でさっき、飲んだのよ。」

「ちょうどのどが渇いてたから。」

「だまされたなあ!」

彼がまた笑い、私も笑った。

「それで、手話を習ったの?」

彼は首を振った。

「初めは、手話をやってると少しはじれったさが薄まって、自分と意思疎通ができるような気がしたんだ。それで、きれいとかおいしいとか、うれしいとか、いくつか調べてやってみたんだけど、時間が経つにつれて、俺が欲しいのはこれじゃないってわかってさ。」

「手術してからあなた、ほんとにいろんなことがわかったみたいね。」

「そういうことだな。俺ってかなり学習効果は高い方だろ。」

「そう思うんだったら大したもんね。で、あなたが欲しかったのは、どういうものだったの？」

　こんなやりとりをしていると、昔、優しい気持ちで暮らしていたころの二人に戻ったような気がする。

　既存の手話では満足できないのかもと思った彼は、自分の思い通りの手話を作ってみようと試《こころ》みたそうだ。口を開けたり、首を動かしたりする動作であらわす短い感嘆詞から始めて、美味しそうだと思ったときには口の中で舌を二回鳴らすとか、何かをやってみようかと思ったときには両手を合わせるとか、そんな簡単な表現を。だが、こうして自分で作り出した手話を使っても、彼の感覚はほんのちょっとしか自分に伝わってこなくて、結局、既存の手話と同じだった。彼にとっては自分で作った手話もひどく物足りなかった。

「手話は言葉にいちばん近いのに、どうして俺は満足できないんだろうって不思議だった。それで、またわかったんだけど……」

　彼は私を見て、私はくすっと笑った。

「こんどは何がわかったの？」

理解できないかもしれないけど、と言って彼はまた水を少し飲んだ。手を上げて垂らさなかったところを見ると、手話ではないらしい。

「単なる言葉が欲しいわけじゃなかったんだ、ってこと。」

言葉が欲しくなかったなんて。話せなくなったら切実に言葉が欲しいんじゃないだろうか。

「じゃあ、何が欲しかったの？」

「俺だけの言葉。」

手話は、他者と通じ合うための決まりごとという意味では言葉に近い。だが彼は他人とではなく、自分と通じ合いたかった。そういう意味で、自分だけの言葉が欲しかったのだと彼は言う。彼の人生と彼の感情と記憶がひそかにこめられた言葉。究極的には、言葉を超えた言葉。

「それって、何？」

「つまり自分だけの言葉を作っていくことなんだけど、俺の最初の言葉はやっぱり、『雨が降る』だったんだよ。」

「どんなの？」

彼は小さくため息をついて窓の外を眺《なが》め、それからまた私を見た。

「それがそう？」

彼はうなずき、私はがっかりして叫んだ。

「それだけ？　手話より貧弱じゃない？」

「そう見えるかもしれない。実際、俺だけの言葉って、俺がわざわざ作ろうと思って作ったもんじゃないから。もうできていて、それにあとで気づいたものなんだよ。だから、今俺がやった『雨が降ってる』は、『雨が降ってる』っていう言葉を懐《なつ》かしがってたあのときの状態、あのときの姿勢をそのまま、『雨が降ってる』にしたってことなんだ。」

「ちょっと、わかりにくい。」

もう少し詳《くわ》しく言えばね、と言って、彼は話してくれた。あごを少し上げ、体から徐々に力を抜いて腕を垂《た》らし、指先に何かがたまっていくところを想像しながら、指をゆっくり動かすこと――それがまさに「雨が降ってる」という、自分だけの言葉なのだという。

「立ってやってもいいし、座ってやってもいいけど、立ってやった方が雨が降ってる感じがちょっと強くなるね。それから、雨が激しく降ってるときは自然と指先が重い感じがして、その代わり動きがちょっと早くなる。」

私はあごを少し上げ、体の力を抜き、腕を垂らしてゆっくりと指を動かしてみた。雨が降ると言いたくて気が変になりそうだったとき、彼はこうやって雨を見ながら座っていたのか。

俺だけの言葉はさ、と彼は力をこめて言った。

「作られるものじゃなくて、思い出すもの、発見されるものなんだよ。俺がある言葉を心から欲しがっていたときのことを思い出したり、そんな切実さが湧いてくる瞬間を発見して、それを自分の言葉にするわけなんだ。だから俺の言葉は、語源が忘れられることがない。最初の記憶は消えないままで、その上に他の記憶がどんどん積み重なって、言葉に命が宿っていくっていうか。ときどきは、意味はわからないのに、ただ表現だけが先に出てくることもあるんだよ。ごくたまにだけど、わいせつな言葉も飛び出してくるし。」

私ははっと気を取り直した。

「それって、どんな……」

私の表情に小心者らしい懸念《けねん》を読み取って、彼が笑った。とにかく声帯嚢胞の手術を受けて、と彼が言ったとき、私はびくっとした。声帯嚢胞に反応してはっとする様子も、わいせつな言葉の一種になりうると思ったのだ。

「いつから、どういうふうに変わったのかはわからないけど、少しずつしゃべれるようになってから、自分が変わったことに気づいたんだ。話し方が前とは違っていたんだ。無言の時間が稲妻みたいに光って通過して、その移動経路は燃えてなくなっているんだけど、俺はもう違うところに来てるんだよ。それは明らかに俺だけの言葉と関係があったんだ。」

私がちょっと呆然《ぼうぜん》として彼の言葉を聞いていると、彼は突然、国敗《やぶ》れて山河ありって知ってるか、と訊いた。

「国が滅びたのに自然は……とか、そういう漢詩？」

彼はうなずいた。

「国は敗れたが山河はそのままだって意味だと思ってるだろ。でも俺、それって、国が滅びたから山河があることに気づいたって意味に、読めるんだ。俺の場合がそうだったからね。俺というシステムがだめになってみて、自分の中に自然があることがわかったんだ。」

彼が両手の指を全部組んで、その上にあごをのせ、私を見つめた。

「どうしたの？」

「話は、ここまで。」

「何で？」

「こんなにいっぱい話したの、久しぶりなんだ。のどが変な感じがする。話したいことは全部、話したし。」

彼はその姿勢のまま、振り向いて窓の外を眺めた。それもまた彼の言葉なのかなと思いながら、私もじっと彼を見ていた。

「見てごらん！」

彼がちょっとかすれた声で言った。私は窓の方を振り向いた。二階の窓から見下ろすと、一人の女性が、三歳ぐらいの女の子の手を引いて歩いてくるところだった。女性は背が高くてとても太っており、子どもは小さく、太ってはいなかったが、真っ黒でたっぷりした髪《かみ》の毛を一つに束ねたところや丸い顔の形がよく似ていて、誰が見ても母と娘であることがわかった。

「あの人たち？」

「ほら、子どもが何か言うよ。」

彼は、誰かに聞かれるのを恐れているように小声でささやいた。私もつられて、息を殺して見守る。子どもは何歩か歩いて止まると、突然、嬉しくてたまらないという顔で母親を見上げ、その手を両手でつかんで自分の方へ引き寄せ、母親の丸々とした手首の上に何度も唇をつけた。母親はそんな突然のかわいい愛情表現にも驚いたようすはなく、ただ笑っているだけだったが、私はすばらしいメロディーの音楽を聴いたときのように、完全な感動にとらえられた。彼と私は顔を見合わせた。

「こんなとき何て言う？」

私は尋ねた。

これは初めての言葉だけど、と言って、彼は頭を後ろへそらして天井を見つめ、それからゆっくりとまっすぐに直った。私も頭を後ろへそらし、天井を見つめ、ゆっくりと元へ戻った。私たちは向き合い、二人が同じ感動の中で、同じ疑問を抱いたことを見てとった。あの子の小さな体に満ちあふれていた、こんこんと湧き出る泉のように清冽《せいれつ》な喜びの源《みなもと》は何なのか。私たちもかつてあんな喜びに身をまかせて愛しあっていたときがあったのに、それはいつ消えてしまったのか、という……。

カフェを出て地下鉄の駅まで、私たちは黙って歩いた。駅の前で別れるとき、私は尋ねた。

「美味しいっていうのは、どうやるの？」

「それは、味によって違うけど。」

「ああ、そうだね。じゃ、今日食べたアジの味は？」

彼はゆっくりと唇の両端を横に伸ばし、おだやかな微笑を浮かべた。うん、そうだよね。私がしゃっくりするように短く息を吸いこんでみせると、彼が、言いたいことはわかったよという顔をしてみせる。

「どういう言葉に見えた？」

「すっきり納得、って感じ？」

私が目を大きく開けて口をちょっと突き出すと、彼が言った。

「当たった？」

私たちは笑い、最後に握手をした。彼の手――「雨が降る」と言うときには雨の雫《しずく》が宿るその指を私の手の中に感じると、たまらないほど不思議な気持ちになった。知らない言葉たちが手の中で踊り、そして消えていくような。彼の手を離して振り向くと、私は拳《こぶし》をぎゅっと握ってポケットに突っ込んだ。胸を張り、腰をまっすぐに伸ばして、ぎゅっと握った拳を下の方へ押すようにして一歩一歩コツコツと歩いていった。このとき、私の最初の言葉が生まれたのだ。九月の、午後四時から五時の間だった。


彼のに比べたら整然としていないかもしれないけれど、私も今ではいくつかの言葉の目録を持っている。私だけの言葉はいつも、無言の時間の中で生まれてくる。他の誰でもない、私だけの言葉がまず自分に伝わってくる喜びを知ったのは、彼と、彼の声帯嚢胞手術のおかげだ。彼が司書になったという噂《うわさ》はまだ聞いていない。

ある言葉は意味がわからないまま生まれてくると彼は言ったが、まさにそうだ。ある感情や感覚は、私を経由せずにまず体に現れ、記憶に刻まれる。例えば、私はまだ私の最初の言葉の意味を正確に知らない。初めのうちは、「またね」ぐらいのところじゃないかと思っていたが、そうでもないらしい。その意味を知りたくて、ときどき握った拳をポケットに突っ込み、胸を張り、腰をまっすぐ伸ばし、拳を下の方へぐっと押しながらカツカツと歩いてみるが、やっぱりわからない。確かなことは、私がその言葉を言うとき、その言葉を生きているとき、何かが現れるというよりは消えていく感じがすることだ。歩くという行為の中に消えていく何かが見える。だからといって完全に消えてしまうわけでもない。ぎゅっと握った手の中のささやかな暗闇《くらやみ》の中で、それは小さく、徐々にもっと小さく点滅しながら生きている。すべてのものは消え去るけれど、点滅する間は生きている。今は、そんな意味だけで十分だ。

［番外編　夢をあきらめる歌］

才悩人応援歌

BUMP OF CHICKEN

得意な事があった事　今じゃもう忘れてるのは
それを自分より　得意な誰《だれ》かが居たから

ずっと前から解ってた　自分のための世界じゃない
問題無いでしょう　一人くらい　寝てたって

生活は平凡です　平凡でも困難です
星の隅《すみ》で　継続中です
声援なんて皆無です　脚光なんて尚更です
期待される様な　命じゃない

唇《くちびる》から　零《こぼ》れ落ちた　ラララ
ほんの少しだけ　大気を揺《ゆ》らした　ラララ
とても　小さな声　唯一人が聴いた唄《うた》　ラララ

大切な夢があった事　今じゃもう忘れたいのは
それを本当に叶《かな》えても　金にならないから

痛いって程解ってた　自分のためのあなたじゃない
問題無いでしょう　一人くらい　消えたって

ファンだったミュージシャン　新譜　暇潰し
売れてからは　もうどうでもいい
はいはい全部綺麗事　こんなの信じてたなんて
死にたくなるよ　なるだけだけど

その喉《のど》から　溢《あふ》れ出した　ラララ
ほんの少しだけ　温度を上げた　ラララ
とても　短い距離　その耳まで泳ぐ唄　ラララ

隣人は立派　将来有望　才能人
そんな奴《やつ》がさぁ　頑張《がんば》れってさぁ
怠けて見えたかい　そう聞いたら頷くかい
死にたくなるよ　生きていたいよ

世界のための自分じゃない　誰かのための自分じゃない
得意な事があった事　大切な夢があった事
僕らは皆解ってた　自分のために歌われた唄など無い
問題無いでしょう
唇から　零れ落ちた　ラララ

その喉から　溢れ出した　ラララ
とても　愛しい距離　その耳だけ目指す唄　ラララ
僕が歌う　僕のための　ラララ
君が歌う　君のための　ラララ
いつか　大きな声　唯一人のための唄　ラララ

［あとがきと作品解説］

夢のあきらめ方

頭木弘樹

●「夢のあきらめ方」の本がない

「夢をあきらめるな」という言葉が、世の中に満ちています。

ヒット曲の歌詞や、映画やドラマの決めゼリフなどで、「夢をあきらめないで」「自分を信じていれば、夢はかなう」というようなメッセージが、日々たくさん発信されています。

何かで成功した人も、必ずと言っていいほど、こう言います。

「あきらめずに頑張《がんば》っていれば、いつか必ず夢はかなう」

影響を受けないことは難しいでしょう。

もちろん、励《はげ》ます言葉ですし、勇気を与える言葉ですし、それはそれで素晴らしいと思います。

ただ、たとえば千人に一人しかなれないものを目指せば、九九九人は挫折することになります。

つまり、世の中の多くの人は、夢がかなわなかった人生を生きているはずなのです。千人のうちの一人になるよう励ますだけでなく、残りの九九九人の生き方を考えることも、とても大切なのではないでしょうか？

それなのに、本にしても、「夢のかなえ方」に関するものばかりです。

もちろん、夢をかなえるのが難しいからこそ、そういう本が出ているわけで、当然と言えば当然です。

でも、一冊くらい、「夢のあきらめ方」の本があってもいいのではないでしょうか？

頑張らなかったわけでもない、あきらめたわけでもない、でも夢がかなわなかった。そういう人たちは、どうやって気持ちに整理をつけたらいいのでしょうか？

●文学だけはそういう気持ちを描いてくれる

そういうわけで私は、「夢のあきらめ方」の本を出してみたいと、ずっと思っていました。ただ、それはハウツー本やマニュアル本ではありません。

「こうすればあきらめられますよ！」とか、そういうことではないと思うからです。

私事《わたくしごと》で恐縮ですが、大学三年の二十歳のときに難病になり、十三年間、闘病生活を送りました。

周囲の同年代が夢に向かって頑張っているときに、「就職も進学も無理。一生、親に面倒を見てもらうしかない」と医師から言われ、夢をあきらめるどころか、夢を持つことさえできませんでした。

小学生のとき、将来の自分はいったいどんなふうになっているのか、いろいろ想像して、ドキドキしたものです。ちらっとでいいから、未来の自分の姿をタイムマシンで見てみたいものだと願っていました。まさか、病院のベッドで寝たきりになっているとは……。

入院中、本やマンガを読んだり、音楽を聴いたりしましたが、そういう気持ちに寄り添《そ》ってくれるものを見つけるのは難しかったです。むしろ、「夢を持つことは素晴らしい」「夢をあきらめないで」「信じていれば夢は必ずかなう」というものばかりが目立ちました。

これはとてもきつかったです。自分の気持ちに近い本が、もっと簡単に見つかってもいいのにと思ったものです。

そこで今回、そういう本を作らせていただいた次第です。

夢をあきらめる気持ちに、寄り添《そ》ってくれるような物語を集めてみました。

アンソロジー（あるテーマで複数の作品を集めて一冊にまとめた本）です。

こういう本が必要なのは、私だけではないでしょう。

夢がかなわなかった人には、誰《だれ》もマイクを向けません。

でも、私が聴きたいのは、そういう人の気持ちでした。どこにでもいるのに、誰も耳をかそうとしない、そういう気持ち。当人も心の奥底にしまっている気持ち。

文学だけは、そういう気持ちを描き出してくれます。

「あきらめてもいいじゃない」と肯定してくれる物語ばかりではありません。あきらめることを深く嘆《なげ》く物語もあります。でも、嘆いているときには、嘆いている物語のほうが、心にしみて、なぜか救いになるものです。

病院で、痛くてたまらないとき、看護師さんが手を握ってくれると、それだけで、痛みがいくらかやわらぐ気がしました。

そういう経験をして以来、人の手というものは、私にとって特別です。

心にしみる物語にも、そういう手のような特別さがあると思うのです。

この本が、読んだ人にとって、そういう手となることを願っています。

●巻頭の言葉『ばしゃ馬さんとビッグマウス』

それでは、ひとつずつ、収録作品についてご紹介していきますね。

（※ネタバレもあるので、ここから先は、できれば作品を読んでからにしてくださいね）

まず、巻頭の言葉は、映画『ばしゃ馬さんとビッグマウス』の中のセリフです。先ほど、映画の決めゼリフには「夢をあきらめるな」というのが多いと書きましたが、この映画はまったく逆なんです。じつに珍しい映画で、私は大好きです。

脚本家を目指して、日々ものすごく努力している、「ばしゃ馬」さんこと馬淵みち代（麻生久美子）が、泣きながら、こうつぶやきます。

「あ〜。でも、本当に自分が嫌《いや》になる」「脚本の才能もまったくないし……才能ないくせに、馬鹿《ばか》みたいに、ずっと夢見ててさ。本当はね、きっと夢は叶《かな》わないんだろうな〜って、分かってはいるんだけどね」「……でもね、抱いちゃった夢ってどうやって終わらせていいか分かんないんだもん」「ねえ……夢をさ、叶えるのってすごい難しいのは最初から分かってたけどさ……夢を諦《あきら》めるのって、こんなに難しいの？」

このシーンを見て、私も泣きました。そして、本当にそうだと思いました。

●山田太一「断念するということ」

これを読んで、「あれ？」と混乱された方もおられるかもしれません。最後のほうに、別のアンソロジーの話とか、この本に入っていない収録作品の話が出てきます。

じつはこの「断念するということ」は、山田太一編の『生きるかなしみ』というアンソロジーの「編者のことば」なんです。それを私は、自分のアンソロジーに収録したわけです。

「なにしてんの？」とあきれる方もおられることでしょう。普通、やってはいけないことだと思います。山田太一さんに掲載の許可をお願いしたときにも、「えっ」と驚かれました。

ただ、そんなむちゃをしてでも、どうしても掲載したいほど、私はこの文章が好きです。夢をあきらめることについて、これほど見事に書いてある文章は、なかなかないと思います。

同じ山田太一さんの言葉です。「老年になってから、自分がめざしたものを誤解していたとか、自分がめざしていたものが嫌《きら》いだったんだって気がつく人だっている」「でも、それはしかたないんです。人生とはそういうものですから。だから、みんな、限界や錯覚、夢の見まちがい、そういうものを抱えて生きているということを、なるべくリアルにとらえる必要があると思います」（『光と影を映す　だからドラマはおもしろい』ＰＨＰ研究所）

●ベートーヴェン『希望よ、悲しい気持ちでおまえに別れを告げよう』

作曲家ベートーヴェンは耳が聞こえなかったということは、ご存じの方も多いでしょう。ただ、かなり晩年になって聞こえなくなったと思っている方が多いのではないでしょうか？　交響曲第九番、いわゆる「第九」を指揮したときに、聴衆が感動して総立ちで大喝采を送ったのに、ベートーヴェンはぜんぜん気づかなかったというエピソードが有名です。そのため、きっとその頃《ころ》に耳が聞こえなくなったんだろうなと、私もずっと思っていました。ところが、実際には、ずいぶん若いときからなのです。二十六歳くらいからのようです。

ピアノソナタ第八番ハ短調「悲愴」は、一七九八年から翌年にかけて、ちょうど難聴がひどくなった時期に作曲されています。「悲愴」という曲名は、彼自身の命名です。「悲愴」の作品番号は十三。ベートーヴェンの作品番号は百三十八までありますが、耳にまったく問題ない状態で作曲されたのは、作品一だけとも言われます。驚くべきことです。

ベートーヴェンの肖像画を見ると、たくましい感じがしますが、もともと身体《からだ》が弱かったようです。慢性的な腹痛や下痢があり、胃の調子がよくなく、天然痘、肺の病気、リュウマチ、黄疸、結膜炎、他《ほか》にもいろいろ……。二十五歳になる前に、手帳に「勇気を出そう。身体がどんなに弱くても、精神力で打ち勝とう。いよいよ二十五歳だ」と決意を書いています。その後で、難聴が始まってしまうのですから、あまりに苛《か》酷《こく》ですね。

音楽家にとって、耳が聞こえなくなることほど、つらいことはないでしょう。自分の奏でる音楽が、自分が作った音楽が、自分の愛する音楽が、自分には聞こえないのです……。

ベートーヴェンが静かにピアノを弾《ひ》いているつもりのとき、じつは音がぜんぜんしていなくて、その様子を見て胸をしめつけられた、と知り合いが書いています。

聞こえないだけでなく、耳鳴りもしていました。邪魔な音がずっとしているわけです。これは作曲がしづらかっただろうと思います。しかも、ある種の音には過敏になっています。

この過敏さは、私も突発性難聴になったときに同じ経験をしました。聞こえないのですが、じゃあ静かかというと、そうではなく、耳鳴りはするし、ある種の音は耐《た》えがたいんです。

ベートーヴェンは、さまざまな医者にかかり、さまざまな療法を試《ため》し、いつかよくなっていくのではという希望を持ち続けようとしますが、ついに自殺の寸前まで追い詰められます。

同じような経験のある人にはよくわかるでしょう。なかなかあきらめきれるものではありません。なんとかしてと頑張ります。しかし、なんともならなかったときの深い悲しみ……。

「ハイリゲンシュタットの遺書」にあるように、彼は希望に別れを告げます。完全に絶望するわけです。しかし、かえって創作は盛んになります。ロマン・ロランが「傑作の森」と呼んでいる時代に入ります。十年間くらいの間にさまざまな名作が生まれます。交響曲『英雄』『運命』『田園』など。生涯《しょうがい》に作った曲の半分くらいはこの時期に生み出されています。

これはまさに、ベートーヴェンがこう書いた通りのことなのでしょう。

「いつかこれを読む人たちよ、あなたがもし不幸であるなら、私を見なさい。あなたと同じひとりの不幸な人間が、あらゆる障害にもかかわらず、なしうるすべてのことをした。そのことになぐさめを見出してほしい」

ロマン・ロランもこう言っています。

「悲惨《ひさん》なことがあって、私たちが悲しんでいるとき、ベートーヴェンは私たちのそばにいる」

●ダーチャ・マライーニ「マクベス夫人の血塗《ぬ》られた両手」

本書は「Aさんが出会った……」「Bさんが出会った……」とご紹介していく趣向になっていますが、たんなる趣向ではなく、実際に何人かの方に作品を推薦してもらっています。

この作品は、訳者の香川真澄さんに推薦していただいたものです。

香川さんは、山口県で創林舎という出版社を作り、ご自身でブッツァーティなどのイタリアの作家の作品を翻訳して出版しておられます。しかも、そのほとんどが初訳。

地方で、しかも海外文学、しかも有名な作品ではなく、知られていない作品の初訳となると、これは気が遠くなるほど困難なことです。これほどのことができる方なら、まだ訳されていない凄《すご》い作品をご存じにちがいないと思いましたが、その通りでした。

ダーチャ・マライーニは、ノーベル文学賞の候補として、村上春樹などと並んで名前のあがる人で、日本でも翻訳作品が出ています。プロフィールのところに書いたように、幼い頃に一家で日本に来て暮らしていたという、日本にゆかりのある作家でもあります。

女優の夢を追いかけるアンナという女性が主人公。彼女はこの六カ月間、仕事がありません。そこにシェイクスピアの『マクベス』のマクベス夫人役という大チャンスが舞い込んできます。もともとやるはずだった女優が男と逃げたためで、ちゃんとつかまないとすぐに逃げてしまうようなチャンスです。パリに行く費用を稼《かせ》ぐためにも頑張らなければなりません。

舞台稽古の様子が描かれますが、その演出はかなり前衛《ぜんえい》的です。通常の『マクベス』の舞台では、そもそも転がったりしませんし、こんなに血まみれにはしません。

もちろん、マクベス夫人がヌードになるなんてこともありません。

しかし、前衛的な演出なら、そういうこともありえます。アンナは、舞台稽古の途中で、いろいろと疑問を感じますが、演出家を信じ、なるべくその指示にしたがおうとします。

ところが、演出家の指示は、だんだん過激になっていきます。それは本当に芸術なのか、それともセクハラなのか？　ハリウッド映画の世界でもセクハラが問題になりましたね。

夢をかなえるために、いったいどこまでやるのか？　これは線引きがとても難しいことだと思います。いくら夢をかなえるためでも、そこまではしたくない、そう思って、夢をあきらめる人も、きっとたくさんいると思います。

マクベス夫人は、夫を王位につけて自分が王妃になる夢をかなえるために、夫を励まして今の王様を殺させます。夢をかなえるために、そこまでやってしまったわけです。しかし、その後、手についた血がいつまでも落ちない気がして、だんだん精神が錯乱していきます。

夢をかなえるために一線を越えたマクベス夫人。それを演じているアンナのほうは、いったいどうするのか？

アンナは、舞台を飛び出します。それは彼女にとって、「仕事を失った、もう、パリに行くことができない、これからどうしていいのか、わからない」ということでもあります。

しかし、空を見上げて、大笑いします。これは決して、絶望だけの笑いではないでしょう。

●ハインリヒ・マン「打ち砕《くだ》かれたバイオリン」

これは訳者の岡上容士《おかのうえひろし》さんに推薦していただいた作品です。

岡上さんには、私はいつもドイツ語の校正をお願いして、助けていただいています。先の香川さんは山口県に、岡上さんは高知県にお住まいです。私は宮古島。今ではネットが発達していますから、どこにいても原稿のやりとりはまったく問題ありません。それでも顔を合わせられない相手には仕事を頼まない人が、いまだに多いです。そのため、地方には優秀な人材がたくさん埋もれてしまっています。とてももったいないことです。

その岡上さんが、出版するためではなく、自分の楽しみとして訳しておられた連作短編のひとつです。別の方の翻訳も出版されていますが、それより前に訳しておられたものです。

ハインリヒ・マンという作家の名前は、あまりご存じない方が多いかもしれません。弟のトーマス・マンのほうは『魔の山』『ヴェニスに死す』などの著者として、名前を聞いたことのある人も多いでしょう。兄弟で作家だったわけですが、評価に差がつくこともありましたし、二人は意見もかなりちがいました。八年間も仲違いしていたことがあります。

この短編の中でも、兄の大切なバイオリンを、弟が勝手にさわって、最後には壊してしまいます。これは自伝的な作品なので、おそらくこの弟はトーマス・マンでしょう。

この物語の最後で、主人公の少年は、不思議なほどあっさり、バイオリンのことをあきらめ、それどころか、自分がよくなかったと反省し、ものすごく良い子になります。この突然の変化は、ついていけないほどです。これは、道徳的な結末をとってつけたわけでは、決してないでしょう。この突然の変化こそ、この作品のテーマではないでしょうか。

変化の秘密はあきらかに、母が彼を抱きしめて、なぐさめてくれたことにあるでしょう。幸福や、夢や、何かをあきらめなければならないとき、その喪失感を埋めてくれるのは、誰かの愛情なのではないでしょうか。逆に言えば、誰かが愛情を与えてくれれば、夢をあきらめることもできるのではないでしょうか？

好きな人ができて、結婚を機に、夢を追いかけるのをあきらめる人がよくいます。それは、愛する人のために、自分を犠牲にすることのように言われがちです。でも、もしかすると、誰かの愛情を得られたことで、夢をあきらめることができたのかもしれません。

●ナサニエル・ホーソン「人生に隠された秘密の一ページ」

この作品は、東海教育研究所の編集者、寺田幹太さんに推薦していただきました。寺田さんは、私がまだカフカの本しか出していなかったときに、落語について月刊『望星』で連載させてくださいました。書き手の可能性を引き出す、大胆かつ挑戦的な方です。

ホーソンは、カフカの先駆者というふうに評価されることもある、アメリカの作家です。「人生に隠された秘密の一ページ」も、とても不思議な魅力のある作品です。品川亮さんの清新な訳文でお届けできることを嬉しく思っています。

自分にだけぜんぜんチャンスが巡ってこないと感じている人は少なくないと思います。私の友人にも、すごく才能がありながら、チャンスが訪れない人が少なくありません。

しかし、本当は、自分の知らないうちに、チャンスが巡ってきていたのかもしれません。「そんなの、よけいにイヤだ！」という人もいるでしょう。でも、私は二十代まるまると三十代の半《なか》ばまでを、ずっと病院や自宅のベッドで寝てすごしていたので、もしこんなふうに、自分の知らないうちに、チャンスが訪れていたとしたら——そんなふうに夢想すると、少しは救いがあるような気がします。同じように感じる方もおられるのではないでしょうか？

なお、デイヴィッド・スワンが気がつかないうちに通り過ぎたのは、幸運だけではありません。悪運も通り過ぎています。これも本当にそうだなあと思います。身体が弱くなるとよくわかりますが、人は壊れやすく、病気ひとつとっても、さまざまな危険を自分でも気づかないうちに回避しているのです。そのことも忘れないようにしたいものです。

●連城三紀彦「紅《あか》き唇《くちびる》」

これは宮古島の知人の竹内英二さんが教えてくださった作品です。竹内さんは、じつによく本を読んでおられ、彼の熱い推薦を聞くと、どの作品も素晴らしく思えてきます。

連城三紀彦というのは、不思議な作家です。そのミステリー作品を読んでいると、「これはミステリーなのだろうか？」と思うほど、もっと別の魅力に満ちあふれています。実際、連城三紀彦はミステリー以外の小説も書くようになるわけですが、そういう小説を読んでいると、今度は「これはじつはミステリーなのでは？」と思えてくるのです。

この『紅き唇』もミステリーではないのですが、最後に真実がわかったとき、ああっ、そうだったのかと、すべてのことがちがって見えてくる、ミステリー的衝撃が素晴らしいです。

タヅは、子供の頃から六十四歳の今に至るまで、親のために、夫のために、姑《しゅうとめ》のために、子供のために、ガムシャラに働き続けてきて、その子供の二人に死なれ、残る一人の娘に追い出され、「いいことなんか何もない一生だった」と感じています。

しかし、そんなタヅにも、ひとつの思い出があり、夢がありました。

その夢をあきらめるために、タヅはこういう〝儀式〟をしたのではないでしょうか？

私は子供の頃、お葬式というものにとても反感を持っていました。死んだ人のためのものにまったくなっていないと。でも、大人になってから、葬式というのは、残された人たちのためのものだということがわかりました。身近な人を喪《うしな》って、ただそのまま日常を続けることは、とても苦痛をともないます。せめて、何《なん》らかの儀式が必要です。

失恋したときに、思い出の品を捨てたり焼いたりしたくなるのも、同じことでしょう。夢をあきらめるときにも、あきらめるための、何らかの儀式を行えば、何もしないよりは、ずっと気持ちの整理がつくかもしれません。この小説を読んで私はそんなふうに思いました。

●豊福晋「肉屋の消えない憂鬱《ゆううつ》」

豊福晋さんの『カンプノウの灯火　メッシになれなかった少年たち』（洋泉社）という本を見たとき、ああ、これこそ自分が求めていた本だ！　と思いました。

夢をかなえられなかった人たちに話を聞くという本を出したいとずっと思っていました。しかし、成功者は目立ちますし、どこにいるかわかりますが、夢がかなわなかった人というのは、大半の人がそうであるだけに、誰に話を聞けばいいのか。そこが定まりませんでした。だから、「メッシになれなかった少年たち」というのは、見事な着眼点だと思いました。

サッカー選手になることを夢見る子供たちは、世界中にどれだけいるか知れません。その中で名門サッカーチームの下部組織に入れるのは、ほんのひとにぎりです。つまり、その時点で、もう夢をつかみかけているのです。登山なら、九合目まで到達しているわけです。

しかし、プロになれなければそれまでです。また普通の人に戻《もど》らなければなりません。九合目まで到達しているだけに、そこには下《くだ》るつらさがあります。

「彼らは、それまではサッカーという目標、その夢ひとつで生きてきたわけです。それを失ったときに、人間はどうなるか」

この本には、何人もの「メッシになれなかった少年たち」のドキュメンタリーが入っています。その中で、このフェランという少年を選んだのは、当人が夢を抱いていただけでなく、「周囲からの期待」という重圧を感じていたからです。「故郷の村の人々は、期待を持って僕のことを見ていました。村の象徴、村からバルサの選手を出す、そんな夢まで抱いている人もいた。失敗することはできない——幼心に、そんな思いがあったんです。やがてそのプレッシャーに耐えられなくなり、試合のたびに、僕は嘔吐《おうと》するようになりました」

遠い星のようにあこがれて見上げていた夢が、いつの間にか背中の石のように、自分を苦しめる重荷になってしまっている、そういうこともあるのではないでしょうか？　とくに、他の人たちまでが期待しているときには。

うつ病になって自殺してしまったゴールキーパーの話も、とても考えさせられます。

夢を追いかけることは、キラキラした素敵なことのように言われがちですが、実際には人を闇《やみ》にひっぱり込むものでもあります。夢をあきらめることが、むしろ生還となることさえ。

フェランにとって幸いだったのは、父親がＦＣバルセロナの大のファンでもあるにもかかわらず、息子の性格をよくわかっていて、入団にむしろ反対だったことではないでしょうか。もし父親までもが強い期待をかけていたとしたら、彼はいったいどうなっていたか……。

●藤子・F・不二雄「パラレル同窓会」

私がこの短編を初めて読んだのは、病院のベッドの上でした。しかし私は、病気にならなかったもう闘病生活を送るようになって何年も経《た》っていました。私が難病になったのは大学三年で、ちょうど就職活動を始める頃でした。周囲のみんなは次々と就職が決まり、新しい道を歩き始めていました。私だけ、どんな道にも歩み出せず、ベッドの上にずっと留まっていました。もし就職できていたら、どんな仕事に就いたんだろう？　そうしたら、どんなことが起きていたんだろう？　自分はどんなふうに成長していったんだろう？　そんな人生はもうありえないのに、いろんな道を歩いている自分の後ろ姿をつい見てしまうのでした。

そんなときにこの漫画と出会いました。たくさんのパラレルワールドがあって、さまざまなパターンの自分の人生があるというのは、とても素敵な夢でした。病気になった自分もいれば、病気にならなかった自分もいるわけです。そして、人生を交換できる可能性がある！

でも、交換しても、やっぱりそこには何かしらの不満がある。そのことにも、とても心をなぐさめられました。なぜなら、たしかにそうだろうなと納得できたからです……。

藤子・F・不二雄という人は、本当にすごいなあと、あらためて思いました。

なお、今回この作品をぜひ収録したいと思ったものの、藤子・F・不二雄の作品を他のアンソロジーで見たおぼえがなく、無理なのかなあとも悲しく思っていました。それでも、願いを込めて手紙を書いて、お送りしてみました。片思いの相手の下駄箱にラブレターを入れるようなもので、読んでもらえるのかどうかもわかりませんでした。

ところが、藤子プロや関係者の皆様が、ちゃんと私の手紙を読んでくださって、それで特別に掲載を許可してくださったということを、伝え聞きました。これには大感激しました。

藤子・F・不二雄が亡くなっても、その作品は今も、心やさしい素敵な方たちに守られているのだなと、ファンとしてとても嬉しく思いました。

●クォン・ヨソン「アジの味」

翻訳家の斎藤真理子さんに推薦していただいた作品です。

第一回日本翻訳大賞を受賞されて以来、大活躍で、斎藤さんが訳した作品なら面白《おもしろ》いと、これまで韓国文学に興味のなかった人たちが、新たに読み始めています。私もその一人です。

このクォン・ヨソンという女性作家は、たくさんの有名な文学賞を受賞しているにもかかわらず、本国で、それに見合うだけの知名度がなかったそうです。しかし「あの作家はいい」と言う人がたくさんいる（日本でもそういう作家さんいますね。たとえば庄野潤三とか）。

幸い、最近は本国で評価がどんどん高まってきているそうです。二〇一六年の短編集『あんにょん、酔《よ》っぱらい』は、最高傑作との声が高く、日本でも二〇一八年に『春の宵』というタイトルで翻訳されました（橋本智保・訳　書肆侃侃房）。

『アジの味』は、その後に発表された短編で、斎藤さんによると「さらに滋味あふれる豊かさをたたえている」とのこと。まったく同感です。今回が初訳です。この作品を、本書を通じて、斎藤真理子さんの訳で、初めて日本でご紹介できることを、とても嬉しく思います。

私もこの小説の登場人物と同じように、病気になったことで、それまでの自分とは大きく異なる自分になりました。そのことで、多くを失いました。あんまり多くを失ったので気づいていませんでしたが、この小説を読んで、自分にも得たものがあることに気づきました。

「得たもの」という言い方はちがうかもしれません。この小説の中で「彼」は、「国敗《やぶ》れて山河あり」という言葉について、こういうふうに語っています。

「国は敗れたが山河はそのままだって意味だと思ってるだろ。でも俺、それって、国が滅びたから山河があることに気づいたって意味に、読めるんだ。俺の場合がそうだったからね」

ああ、そうか！　と思いました。いろんな夢や競争や悲喜交々があるうちは、じつは人生のいろんなことが見えなくなっています。それらがすべて失われたことで、逆に、今まで見えていなかったことが、見えるようになるということが、たしかにあります。

「彼」は、声を失ったことで、いろんなことに気づいていきます。この小説の語り手の女性は、病気によって変わってしまった元夫に、悲惨さを感じるのではなく、逆に、どうすれば「こんなにも優しい驚きを私にもたらす人に変身できるのだろう」と感嘆しています。

「あなた、ほんとにいろんなことがわかったみたいね」

夢をあきらめた後に、こう言ってもらえる人間になりたいものです。

●BUMP OF CHICKEN「才悩人応援歌」

この曲は、日本大学准教授で比較文学者の秋草俊一郎さんに推薦していただきました。

秋草さんの『ナボコフ　訳すのは「私」』（東京大学出版会）という本を読んで、元が博士論文とは思えない面白さにびっくりし、以来、勝手に尊敬していたのですが、今回、作品の推薦をお願いしてみたところ、快くお引き受けくださいました。

きっと面白いロシア文学を推薦してくださると思っていたら、意外にも、この曲でした。東大で東京大学総長大賞を受賞というような経歴を拝見すると、つい自信に満ちた順風満帆の人を想像してしまいますが、他人の人生をあらすじ的に見れば、きらびやかだとしても、細やかに見れば、そこにはさまざまな悲しみがつきものなのかもしれません。

「声援なんて皆無です　脚光なんて尚更です　期待される様な　命じゃない」というあたり、私もとてもしみます。病院で闘病しているとき、必死で頑張って生きようとするわけですが、期待されるような命ではないんですよね。そんなに頑張って生きようとするほどの命かと、誰かに言われそうな気がして、悲しみが胸を刺すことがありました。

この歌詞には、人それぞれに、心にしみるフレーズがあるのではないでしょうか。

●なぜ『絶望書店』なのか？

失恋したときには失恋ソングが、絶望したときには絶望読書がいいと、私は思っています。絶望読書とは、絶望した気持ちに寄り添ってくれるような物語を読むことです。真っ暗な道をひとりで歩いていくのは、とても心細いものです。そういうとき、ひとりでも連れがいれば、ぜんぜんちがってきます。そういう連れになってくれる物語のことです。

そのことを私は、『絶望読書』（河出文庫）という本で書きました。

その後、では具体的にどういう物語を読めばいいのかという実践版として、『絶望図書館』（ちくま文庫）というアンソロジーを出しました。今回は、それに続く、第二弾です。

一口に絶望といっても、じつはさまざまな種類があります。私は、個別に、もっと的《まと》を絞ったアンソロジーを出したいと思っていました。その最初の試《こころ》みが本書です。

『絶望図書館』は、なにしろ図書館なので、なるべくたくさんの種類の絶望の物語を集めました。今度は逆に「夢のあきらめ方」というひとつのテーマだけに絞ってセレクトしました。

そういう意味で、今回は図書館ではなく、小さな書店に近いのです。どんな本でも置いてあるわけではないけど、ある種の本なら、そこに行けばあるというような個性的な書店。

書店を作りましょうとお声をかけてくださったのは、河出書房新社の阿部晴政さんで、実際に開店までの大変な作業を担当してくださったのは、河出書房新社の町田真穂さんと、フリー編集者で翻訳家の品川亮さんです。この場を借りて、お三方に御礼申し上げます。

そして、収録をご許可くださった著作権者の皆様、出版社の皆様、誠にありがとうございました。お返事をドキドキして待って、ご許可いただけたときの喜びはとても大きいです。

最後に、今この本を読んでくださっている皆様に、心より御礼を申し上げます。書店は、お客様がいらしてくださらなければ成り立ちません。ようこそ、おいでくださいました。

〈**底本一覧**〉

●山田太一「断念するということ」（『生きるかなしみ』ちくま文庫）
●ベートーヴェン「希望よ、悲しい気持ちでおまえに別れを告げよう」（Beethoven-Haus Bonn Digital Archives Text　https://www.beethoven.de）
●ダーチャ・マライーニ「マクベス夫人の血塗られた両手」（Il sangue di Banquo, “UN GRANDE AMORE e altre storie” La Spiga 1984）
●ハインリヒ・マン「打ち砕かれたバイオリン」（Das Kind. III Zwei gute Lehren, 2, “DIE VERRÄTER. SÄMTLICHE ERZÄHLUNGEN III” Frankfurt am Main 1996）
●ナサニエル・ホーソン「人生に隠された秘密の一ページ」（David Swan, “Twice-Told Tales” David Mckay Publications 1890）
●連城三紀彦「紅き唇」（『恋文・私の叔父さん』新潮文庫）
●豊福晋「肉屋の消えない憂鬱」（『カンプノウの灯火　メッシになれなかった少年たち』洋泉社）
●藤子・F・不二雄「パラレル同窓会」（『藤子・F・不二雄大全集　SF・異色短編』第2巻　小学館）©藤子プロ・小学館
●クォン・ヨソン「アジの味」（전갱이의 맛, “21세기문학”, 2017겨울호）
●BUMP OF CHICKEN「才悩人応援歌」（アルバム『orbital period』トイズファクトリー）

香川真澄（かがわ・ますみ）
山口県生まれ。翻訳家。俳人。ボルヘス会会員。朝日俳句新人奨励賞受賞。翻訳にF・ピヴァーノ他『青の男たち―20世紀イタリア短篇選集』、D・ブッツァーティ『世紀の地獄めぐり』他「イタリア文藝叢書」編集・刊行中。他の著作に詩集・小説集・歴史書・舞台本など多数。

岡上容士（おかのうえ・ひろし）
編集、校正業。高知市在住。共編書に『ベリンダ・スーパースター』（松籟社）がある。鉄道旅行、美術鑑賞が趣味。

品川亮（しながわ・りょう）
文筆、翻訳、編集、映像制作業。著書に『〈帰国子女〉という日本人』（彩流社）など。アンソロジー『絶望図書館』（ちくま文庫）では英米文学3作品を翻訳する。映像作品には『H・P・ラヴクラフトのダニッチ・ホラーその他の物語』（東映アニメ）などがある。『STUDIO VOICE』元編集長。

斎藤真理子（さいとう・まりこ）
翻訳者。訳書に『カステラ』（パク・ミンギュ著、ヒョン・ジェフンとの共訳、クレイン）、『こびとが打ち上げた小さなボール』（チョ・セヒ著、河出書房新社）、『ピンポン』（パク・ミンギュ著、白水社）、『誰でもない』（ファン・ジョンウン著、晶文社）、『フィフティ・ピープル』（チョン・セラン著、亜紀書房）など。『カステラ』で第一回日本翻訳大賞受賞。

頭木弘樹（かしらぎ・ひろき）

文学紹介者。筑波大学卒業。大学三年の二十歳のときに難病になり、十三年間の闘病生活を送る。そのときにカフカの言葉が救いとなった経験から、『絶望名人カフカの人生論』（飛鳥新社／新潮文庫）を編訳。さらに『絶望名人カフカ×希望名人ゲーテ 文豪の名言対決』（飛鳥新社／草思社文庫）を編訳。監修書に『マンガで読む　絶望名人カフカの人生論』平松昭子（飛鳥新社）。著書に『カフカはなぜ自殺しなかったのか？』（春秋社）。選者を務めたアンソロジーに『絶望図書館——立ち直れそうもないとき、心に寄り添ってくれる12の物語』（ちくま文庫）。ラジオ番組の書籍化に『NHK ラジオ深夜便　絶望名言』（飛鳥新社）がある。NHK「ラジオ深夜便」の『絶望名言』『絶望名言ミニ』のコーナーに出演中。本書の姉妹書に『絶望読書』（河出文庫）がある。

Twitter　https://twitter.com/kafka_kashiragi
Facebook　https://www.facebook.com/hiroki.kashiragi
Blog　https://ameblo.jp/kafka-kashiragi

絶望書店　夢をあきらめた9人が出会った物語

2019年1月20日　初版印刷
2019年1月30日　初版発行

編者　頭木弘樹
装丁　大島依提亜
本文フォーマット　小汁雅史

発行者　小野寺優
発行所　株式会社河出書房新社
〒151-0051
東京都渋谷区千駄ヶ谷2-32-2
電話03-3404-1201（営業）
03-3404-8611（編集）
http://www.kawade.co.jp/

組版　株式会社キャップス
印刷・製本　株式会社暁印刷

Printed in Japan
ISBN978-4-309-02766-1

あきらめることができる、
というのは、
幸福なことだし、
美徳でさえある。

フォンターネ